NARRATORI MODERNI

Della stessa autrice in edizione Garzanti:
Finché tutto resta nascosto in un cassetto

OLIVIA RUIZ

ASCOLTA LA TEMPESTA CHE ESPLODE

Traduzione di
SARA ARENA

Garzanti

Prima edizione: aprile 2022

Per essere informato sulle novità del Gruppo editoriale Mauri Spagnol visita:
www.illibraio.it

Traduzione dal francese di
Sara Arena

Titolo originale dell'opera:
Écoute la pluie tomber

ISBN 978-88-11-00827-9

Printed in Italy

www.garzanti.it

ASCOLTA LA TEMPESTA CHE ESPLODE

Ai miei genitori.
Alla mia famiglia.
Ad Ama.
Al mio sole: Nino.

«Rinchiudere la sofferenza
significa rischiare che ti divori da dentro.»
FRIDA KAHLO

«Non è perché la vita non è elegante
che bisogna comportarsi come lei.»
FRANÇOISE SAGAN

PROLOGO

È calata la notte sulla tua terra, mia sorella adorata. E sulla nostra, al tempo stesso. Con un movimento netto come la lama di una ghigliottina. Con un moto brusco e dolce come il gesto meccanico di una mano familiare su un interruttore. Luce. Poi notte. Senza precauzione. Senza preparazione. Senza un indizio che dicesse che stava per succedere. Che poteva succedere.

Cali, tua figlia, si è spenta e ci ha lasciato Alma come un ultimo sorriso. Un angelo biondo, il primo di una lunga discendenza di brunette incendiarie.

Era stata Cali a scegliere quel nome: giusto in caso di necessità, scriveva nella lettera che aveva lasciato per te. Quella lettera che mi aveva infilato sotto il cuscino prima di andare verso l'ospedale, reparto maternità. In caso di necessità... È morta durante il parto, consapevole che dare la vita avrebbe potuto costarle la sua. Per amore. Per amore di colui che le teneva la mano ormai da quindici anni. Per amore di quella progenie di donne in attesa febbrile che lei continuasse a scrivere il seguito della storia, a cominciare da te, Rita, e da nostra sorella maggiore Leonor. Vi ho lasciate per undici lunghi anni, non senza sofferenza. Una scelta radicale. Rischiosa. Ho osato giocarmi il tutto per tutto, dopo aver passato più di trent'anni a vivere al ribasso. Peccato che l'assoluto si riveli molto caro, quando arriva il momento di fare i conti... Questi anni perduti, di cui finora non mi è importato nulla, capisco che non li recupererò più con Cali, e che ormai avveleneranno il resto dei miei giorni.

Ho paura. Ho così paura.

Perfino in prigione non ho mai avuto paura come stasera. Perfino quanto Antonio mi ha tradita, non ho avuto così tanta paura dell'oscurità che si abbatteva su di me.

Dell'oscurità tu sai qualcosa, Rita. Ma tua figlia, Cali, faceva nascere la luce. Bastava che alzasse una mano perché l'aria entrasse nei suoi movimenti e diventasse materia scintillante.

Oggi invece, Cali, ci lasci con le braccia cariche di perché. Hai dato la vita, la tua vita, e te ne sei andata senza lasciare istruzioni. E ora eccoci smarrite di fronte a questa bambina da amare e proteggere al posto tuo.

È insensato, inaccettabile. È l'oceano che deborda sul mondo. E i nostri cuori sono inghiottiti dalle sue onde scellerate.

Io sono sempre stata capace di aggrapparmi ai rami, ma in questo café dove non attendiamo più nulla è come stare in mezzo al deserto. La forza delle braccia è inutile, se non c'è nemmeno l'ombra di un albero all'orizzonte. Aspettavamo Alma come si aspetta il messia, almeno tanto quanto vederti diventare madre.

E invece in quel primo giorno di gennaio del 1977 per noi si preparava il peggio.

Peggio del carcere. Peggio dei miei genitori morti suicidi per sfuggire a un fottuto dittatore. Peggio del freddo che ci ha inseguite dalla Catalogna fino al campo di Argelès. Peggio dell'annuncio che il sole non sorgerà più. Peggio di tutto.

Anche quando si è visto tutto quello che ho visto io...

Sembra che per me un anno di memoria cancelli il precedente. Nel tempio dei miei ricordi, i posti sono sempre più cari. Pazienza. Quel che mi turba, invece, è la possibilità di dimenticare ciò che mi ha fatto male. Ho paura di non accorgermi quando arriva la batosta successiva, se non mi ricordo delle precedenti.

E, da quando sono tornata qui, ho dimenticato quasi tutto ciò che mi ha ferita. La mia mente seleziona in modo arbitrario quel che vuole conservare.

«Questione di sopravvivenza», ha commentato insolente Leonor quanto le ho parlato dei crateri che costellano la mia memoria.

Dovevo aver scelto un momento sbagliato, se no sarebbe stata più esplicita. Quella era una risposta che somigliava alle mie. Ma evolvo più di quanto io non pensi. Ecco perché ho viaggiato, mentre le mie sorelle se ne stanno qui impantanate dai tempi di Matusalemme.

Sono tornata, ma ripartirò presto. Qui non c'è nulla che mi trattenga. Ripartirò da zero perché so che il mondo ha in serbo un bel ruolo per me. Resta da scoprire quale.

Del mio viaggio dalla Spagna alla Francia, all'età di sei anni, mi resta solo la sensazione del freddo e, più ancora, quella della fame. Il dolore delle viscere che si stringono per sentirsi meno vuote. È per questo che ora sono paffuta: dopo quei giorni tristi, accumulo riserve. Prima di addormentarmi, appena sveglia, mangio sempre un poco. Non si sa mai.

Dei miei genitori mi resta solo la musica. Il gioioso rumore della casa, popolata di individui fantastici in missione, la radio clandestina perennemente accesa, tranne nei giorni di festa in cui le trasmissioni facevano spazio ai canti popolari e al ticchettio dei nostri tacchetti della domenica che danzavano sulle piastrelle colorate. Emergono anche frammenti di frasi, quando li lascio affiorare, un dolce ronzio nelle orecchie, che mi invade il cervello come il miele quando scivola nel vasetto... Ah, quel suono, caldo, avvolgente, denso e fluido al tempo stesso!

Della galera invece mi resta solo l'odore. Ho il naso tappato dodici mesi all'anno, ma il mio cervello si ricorda benissimo di aver annusato quei muri umidi, quell'acqua verde che colorava il lavabo, il sentore di ferro che esala dal sangue. Mi sa che il mio naso è fuori uso da quando quella stronza di Dolores me lo ha sfondato. Impossibile sapere se i due eventi sono in successione: non ricordo più nulla.

Della mia grande audacia, non mi resta che un sapore. Aspro. Che brucia dal ventre alla gola come un reflusso acido. Che risale. Irrita. Condanna.

E di te, Cali, cosa mi resterà? Questa memoria

cedevole mi andava benissimo finora, cancellava ricordi troppo pesanti da portarsi dietro... ma oggi mi paralizza.

Perché di te non voglio dimenticare nulla. Nemmeno un apostrofo, nemmeno una virgola delle nostre vite in comune. Il calore del tuo corpo da bambina che viene di slancio ad accucciarsi contro il mio, voglio portarmelo con me fino all'ultimo istante di vita, e anche dopo. Per me eri come una figlia, Cali. Come una sorellina, anche. In fondo, tra me e te ci sono quattordici anni di differenza e ce ne sono dieci tra me e mia sorella maggiore.

Se fossi rimasta la piccola docile Carmen *ad vitam aeternam*, non avrei avuto nulla da insegnarti. Ma io avevo scelto la libertà, qualunque ne fosse il prezzo. Le mie sorelle erano invischiate in una doppia identità, io no. Dal mio arrivo a Marseillette, nel café di tua madre e di André, non avevo più bisogno di nessuno per decidere dei miei domani.

Che opportunità mi hai dato accogliendo le mie braccia come quelle di una madre! Eri la mia bambola dagli occhi penetranti. Sensazioni garantite, quando quello sguardo fissava il mio. Eri quella a cui raccontavo tutto, che sembrava capire tutto, la meravigliosa tomba dei miei segreti, così silenziosa, fino a quando la tua piccola bocca si socchiudeva e ci toglievi il fiato con il tuo coraggio da amazzone e la tua grazia da dea.

So fin d'ora che mio malgrado ogni giorno spererò che tu ritorni. Respingo l'insopportabile verità con tutte le mie forze. Ma lei non si piega: la realtà ci guarda dall'alto come un giudice in toga. Impietosa. Impermeabile alla nostra collera e al nostro dolore.

Negrito, il gatto, ti cercherà dappertutto. Lo hai chiamato così perché si infilava ai piedi del tuo letto non appena sentiva le prime note di *Duerme negrito* canticchiato da Rita, ultimo atto del rituale della buonanotte, per ricordarci la nostra fortuna di essere insieme e sognare. Quel fifone di Negrito ha conosciuto il coraggio diventando il custode del tuo sonno.

Accanto a te, Cali, ho sperimentato tutte le gioie, senza le responsabilità. L'adrenalina degli spettacoli della scuola, quella delle tue cadute in bicicletta. L'atmosfera ovattata delle sere in cui eri malata e io ti vegliavo perché tua madre era bloccata dietro al bancone. Che lusso essere zia... Libertà preservata, amore incondizionato di una *pichoncita* che si può aiutare a crescere. Senza pressione. Non avrei mai sacrificato la mia vita per diventare madre, ero troppo egoista. E mi piaceva questa idea, non solo perché mi differenziava dalle mie sorelle... ma soprattutto perché la vita che avevano pensato per me non mi corrispondeva, che a loro piacesse o meno. Ecco perché ho seguito Antonio senza riflettere. Mi proponeva una strada che sarebbe stata solo la mia. Il conto era salato.

Eppure non rimpiango niente. Ognuno degli esseri che hanno attraversato i miei primi quarantacinque anni mi ha insegnato qualcosa. Il mio candore aveva bisogno di essere intaccato per rivelarsi, la mia ingenuità aveva bisogno di una bella scossa per lasciare posto alla lucidità.

A lungo ho negato la mia esistenza. Oggi guardo nello specchietto retrovisore coloro che l'hanno forgiata. Sono tutti lì, pronti a rispondere al mio ricordo con un cenno della mano, così che io continui a costruirla senza dimenticare ognuna delle lezioni che mi hanno dato.

CALI

Marseillette, 1962. Cali è l'unica tra noi a essersi realizzata nella vita, e anche io ho posato la mia pietra nell'edificio. Eppure una mano ha comunque tre o quattro dita di troppo per contare quel che ho fatto di buono nella mia miserevole esistenza. Mia nipote è l'unico essere della famiglia a trattenermi qui. Innanzitutto ha bisogno di me. La porto al corso di danza sulla mia motoretta. E alle lezioni di pianoforte. Questa voglia di imparare e confrontarsi con mondi così lontani dal nostro è venuta a lei. Cosa mai trattiene sua madre, Leonor e me dal vivere la vita che meritiamo? Cosa ci fa pensare che non possiamo vedere oltre, pensare più in grande, più forte, più alto... come lei?

Il giorno in cui si è invaghita di una famiglia di bulgari di passaggio dalle nostre parti, Cali aveva sette anni, credo. Avevano noleggiato una barca per percorrere il Canal du Midi. La più piccola dei tre figli ci aveva fatto una fantastica dimostrazione di una danza tradizionale del loro paese. Cali aveva guardato la scena con stupore, aveva applaudito serissima, poi aveva preso la mano della bambina e l'aveva portata nella sua camera.

Abbiamo avuto il privilegio di assistere alla stessa coreografia qualche minuto dopo, questa volta a due. L'indomani Cali aveva supplicato di essere iscritta a un corso di danza. Mi ero informata in modo da poterle scegliere la migliore scuola della zona. Il prezzo mensile aveva fatto cadere Rita dalla sedia, ma aveva finito per lasciarsi scappare un «va bene» dopo che mi ero impegnata a portarcela io. Cali ha sempre avuto una capacità di assimilazione fuori dal comune. Rita non si concede mai niente, e così vedere sua figlia che si offre ogni possibilità smorza i suoi rimpianti; farebbe qualunque cosa per non trasmetterle la rassegnazione che blocca lei. È una madre straordinaria, mia sorella, anche se non glielo direi nemmeno sotto tortura.

Quando Cali esce da scuola, André le dà la merenda. La aiuta a salire sullo sgabello alto al bancone e le serve una cioccolata calda con del pane spalmato di burro e spolverato di cacao Van Houten. Quando li guardo, mi dico che l'affetto non ha nulla a che vedere con i legami di sangue, va molto al di là. Allora mi metto a fantasticare di una famiglia che non sia la mia, nella quale mi sentirei capita, non giudicata. Questi pensieri mi riscaldano quando sogno di prendere il largo. Ma quando vedo Rita e Cali rivolgersi uno sguardo muto di cui solo loro possiedono il segreto, le mie certezze vanno in frantumi... I loro scambi hanno qualcosa di magico che niente può spiegare.

Eppure Cali, come me, ha regolarmente degli accessi di rabbia contro sua madre, mentre è un agnellino con André. Lui è così tiepido che non suscita negli altri emozioni forti. Ho avuto così spesso voglia di scuoterlo! E ciò che mi dà fastidio più di tutto è che mia sorella abbia rinunciato ai suoi sogni per lui. Lei che era così avventurosa, così libera... è diventata schiava del café e del suo senso di colpa. André le ha aperto le braccia quando lei aveva appena attraversato una delle sue più grandi prove: perdere il suo primo amore. Ha accolto Cali come fosse sua figlia e le ha dato affetto e un'educazione impeccabile. Si è fatto carico anche degli aspetti materiali, e così ha imprigionato mia sorella nel senso di gratitudine, mentre in realtà la trascurava a tutto vantaggio del suo ruolo di padre. Quando Juan, il loro bambino, è nato, non ha voluto vedere in faccia le sofferenze del piccolo. Alla sua morte, ha scaricato tutto il peso addosso a mia sorella, si è rinchiuso in sé stesso invece di spalleggiarla. È troppo egoista per ascoltare, comunicare, affrontare davvero le cose. Lui ci gira attorno, devia, annega in un bicchiere d'acqua. E dunque, è vero che lui c'è: da sempre c'è per noi. C'è, ma è nel suo mondo, quasi sganciato dal nostro. Solo Cali riesce a suscitare la sua capacità di amare e la sua disponibilità. Non l'ho mai visto prendere Rita per mano, rivolgerle uno sguardo ammirato o innamorato, né un bacio. Mia sorella merita altro, ma di questo purtroppo nessuno potrebbe convincerla.

Per fortuna Rita ha uno sfogo, che è anche il suo asso nella manica: la cucina. Cucinando si esprime e si dimentica. Sa cosa cucinarci in funzione dei nostri stati d'animo, come prenderci per la gola se siamo arrabbiati, in che modo nutrire Cali perché cresca come una pianta tropicale. Posso sentire la sua felicità o il suo dolore a ogni boccone che metto in bocca. I camionisti si fermano solo per la sua lingua di manzo ai cetrioli, che mi fa orrore. Perché mai mia sorella si spende a cucinare questi orrendi piatti della tradizione, immangiabili, quando a dieci anni padroneggiava già le gustose ricette di Mami? Della cucina di nostra madre resta solo il riso al latte nel menu del café.

Quando non è dietro al bancone, Rita è ai fornelli, ma naviga senza sosta tra i due, per avere sempre uno sguardo su tutto. Spia, ci tiene d'occhio, sorveglia. È sempre lì, vigile, a verificare che vada tutto per il verso giusto. Mia sorella è un direttore d'orchestra con un cucchiaio di legno a mo' di bacchetta. Non c'è spazio per l'improvvisazione: tutto deve essere perfetto. Insopportabile. È una conseguenza della nostra storia. I nostri genitori mi hanno abbandonata alle cure delle mie sorelle maggiori senza lasciare loro scelta, e crescere con una palla incatenata al piede richiede molta organizzazione e molto rigore, se non si vuole far male a nessuno.

All'alba dei suoi quindici anni non accompagno più Cali alle lezioni che prende né a quelle che dà ai bambini dei giostrai. E nemmeno alle feste dei paesi qui intorno, dove si trova con sua cugina Meritxell e con le loro amiche. Ora è il suo fidanzato, Ernest, che se ne occupa, dato che i corsi sono diventati degli allenamenti e gli altri spostamenti sono diventati delle tournée. Bisogna vederli insieme! Le note della chitarra di Ernest animano Cali come la manovella di un organetto con la ballerina al suo interno, ma con una flessuosità incredibile, al contrario della ballerina meccanica di cui ho sempre trovato la rigidità piuttosto spaventosa.

Le assenze di Cali possono durare settimane. Sono incredibilmente fiera di lei, ma quando lei non c'è il tempo diventa infinito e non passa più. Il lavoro non manca, ma non basta a riempire il vuoto. Con le mie sorelle i rapporti si fanno tesi: continuano a rinfacciarmi la mia mancanza di ambizione, mentre io sgobbo come una forsennata per quel dannato café.

«Carmencita, *mi amor*, è fantastico l'aiuto che ci dai, ma deve esserci qualcosa che ti appassiona di più di fare i mestieri, no? Posso trovare qualcun altro per darmi una mano...»

Mi sento prigioniera di questa vita, eppure il senso di colpa mi impedisce di allontanarmene. Ce l'ho con me stessa per la mia mancanza di coraggio, ma è soprattutto sulle mie sorelle che riverso il veleno che mi intossica. Il mio mondo sembra rimpicciolire ogni giorno di più, Marseillette mi esce dalle orecchie. È come una roccaforte, e al suo centro ci sono il comune, la scuola e La Terrasse, il café di Rita, che si fronteggiano. Sono i bastioni della piazza.

Questo café è anche mio: è stato qui che ho cominciato a divorare la vita con un appetito da orchessa. Un anno dopo l'arrivo di Rita, André e

Cali in questo posto, io ho lasciato Narbonne per trasferirmi con loro. Pensavo che avrei vissuto dei giorni più liberi, ma molto in fretta mia sorella maggiore ha messo da parte il suo mestiere di levatrice per venire ad aiutare sempre più spesso nel locale. Io cerco di prenderne le distanze, ma è irresistibile, quel café, con la sua galleria di brutti ceffi. Sono dei tipi. Degli originali. Persone autentiche, cariche del loro territorio, con una storia alle spalle e tutti gli insegnamenti che questa ha lasciato loro. Come gli abitanti del caseggiato che ci ha aperto le braccia quando la Retirada ci aveva masticate e poi risputate su una spiaggia catalana.

Io e Cali siamo cresciute sotto la protezione incondizionata di questo piccolo popolo di personaggi usciti da orizzonti a volte opposti, che si aiutano in un gioioso casino. Tutti mi vedevano come una bambina quando sono arrivata, perché non lasciavo le sottane delle mie sorelle neanche per un momento, nonostante i miei ventun anni. Ma un anno a contatto con quell'armata e la crisalide è uscita dal bozzolo, libera di dedicarsi a quella che sarebbe divenuta la sua attività prediletta: volare di fiore in fiore. Fino allo sfinimento. Di ragazzo in ragazzo, o di ragazzo in ragazza. Titougne, uno dei nostri amati habitué, non condivide.

«Se tu sapessi quanto sei preziosa, non sprecheresti così il tuo culo, Cita. Quel che è prezioso è raro. Mi segui? Lascia stare questo modo assurdo che hai di ottenere un po' d'amore dagli altri.»

«Non hai capito niente, Titougne. Non è l'amore che cerco, ma un po' di compagnia e di azione. Qui non succede mai niente!»

Titougne è un tizio alto e allampanato, molto saggio, che sa imitare alla perfezione la sirena della polizia americana. Non passa giorno senza che qualcuno gli chieda di fare il suo show. È proprietario di uno sfasciacarrozze davanti al quale troneggia questa frase: «Se avete bisogno dei miei servizi, venite a cercarmi al café». Titougne è sempre da noi, e anche se so che le sue chiacchiere sono condite di benevolenza, mi ricordano anzitutto che io qui non ho vita privata, non più di quanta ne avessi con mia sorella Leonor; non più di quanta ne avessimo da Madrina, e poi nel caseggiato a Narbonne che le apparteneva e dove ci ha accolte fino al febbraio del 1939. Siamo state felici lì, anche se la generosità di Madrina non era gratuita. Abbiamo dovuto lavorare. Anche la fortuna ha un prezzo. Titougne dice che la fortuna bisogna corteggiarla regolarmente, che se si sente coccolata, poi si stabilisce in pianta stabile. Io gli credo: non parla mai a vanvera, ed è un grande osservatore. È stato lui che ha notato per primo lo strano comportamento di Raso-Muro. Da allora, tutti lo guardano mentre arriva al café, perché per tutto il tragitto, fino a quando mette piedi tra i tavolini, cammina rasente ai muri, come se fosse ricercato dalla Gestapo. La cosa ci fa ridere, tanto più che la Gestapo a Marseillette non si è proprio mai vista. Noi siamo fuggite da Franco. Raso-Muro è scappato da uno stronzo della stessa risma: Mussolini. Anche il fornaio, Saint-Amaux, che di vero nome fa San Amoroso

Rogliani. Quando è stato naturalizzato, ha scelto questo nuovo nome per portare sempre con sé qualche sillaba del suo passato.

Io e mia nipote andiamo pazze per le storie di Saint-Amaux. Lui fa il suo giro di consegne in sella alla bella bicicletta rossa italiana, dono di Gino il Pio, il grande campione di ciclismo che ha usato la sua notorietà per aiutare gli ebrei italiani a sfuggire al fascismo. È stato Gino che gli ha permesso di attraversare la frontiera pedalando, munito di documenti falsi che lo qualificavano come «messo militare in bicicletta». Saint-Amaux ha percorso la strada da Torino a Marseillette costeggiando il mare, per non perdersi. Noi non ce ne saremmo fatte granché delle biciclette, nei Pirenei, congelate come eravamo in quell'inverno del 1939 che è passato alla storia come il più rigido e implacabile che la regione abbia mai conosciuto. Saint-Amaux aveva una grande famiglia, ma a eccezione di qualche lontano cugino è l'unico sopravvissuto maschio. Ha raccontato a Rita che la sua vista da talpa gli aveva impedito di andare al fronte coi suoi fratelli a combattere per il partito comunista... Per fortuna che il sogno ha grandi piedi per buttare fuori a calci i sensi di colpa, perché è stato scrivendo al suo idolo, Gino, che Saint-Amaux si è salvato le chiappe. Grazie a lui ha deciso di autorizzarsi a vivere: per rendere orgogliosi i suoi morti del suo valore, non avendo potuto battersi al loro fianco nella realtà.

Il vistoso veicolo del nostro panettiere è dotato di un gigantesco paniere sul davanti e uno di dietro. È incredibile come riesca ad arrampicarsi per i pendii del villaggio quando sono entrambi pieni. Ogni giorno alle sei e mezza passa a portarci il pane, poi torna la sera alle otto in punto, ordina un bicchierino, ma invece di andare a sedersi con tutti gli altri, va ad accomodarsi sul divano ad angolo in fondo alla cucina, normalmente riservato al riposo della famiglia. Eterno single, parla spesso di tutti gli amici che andrà a trovare quando sarà in pensione. Dice che però terrà la panetteria, per venire a trovarci spesso. Fino a ora il suo lavoro non gli ha permesso di lasciare Marseillette: sforna trecentosessantacinque giorni all'anno, perché tutti sanno quanto è lungo un giorno senza pane, soprattutto lui.

Quando Cali andava a comprare le caramelle nel suo negozio, le mostrava le sue cartoline provenienti da ogni angolo del mondo. Suo cugino, militare in Nuova Caledonia. Sua sorella, bambinaia per ricchi newyorkesi. Il suo migliore amico, che aveva seguito una bella cilena ed era entrato a far parte di una tribù della cordigliera delle Ande per sfuggire alle persecuzioni politiche. Ci faceva sognare ascoltarlo parlare di quei luoghi straordinari dove sarebbe andato ben presto.

«Ancora solo otto anni! E poi, mondo, a me! Prima la Bretagna, da mia zia. Poi Parigi! Non si può morire senza aver visto le luci della capitale. Poi mia sorella in America, mio nipote a Genova...»

Dato che le sue dita se la cavano meglio con una *grignette* da fornaio che con una penna, sono io che scrivo in francese tutte le risposte alle missive che riceve. Io sono le mani di Saint-Amaux.

Lui è un narratore fuori dal comune. Mi piace il modo in cui descrive la nostra vita, il paese e la sua fauna, e il vocabolario castigato che utilizza. Mentre scrivo adatto, solo un pochino, sostituisco le goffaggini in modo che coloro che leggono possano dirsi che Saint-Amaux è un gran signore. Lui insiste per pagarmi. Io rifiuto ogni volta.

«Dato che fai la cretina, metto in questo boccale tutto quello che ti devo. Un giorno avrai bisogno di soldi e sarai contenta di recuperare un bel bottino onestamente guadagnato piuttosto che chiedere a destra e a manca.»

Quando esagero con le mie sorelle, affondo le mani nel boccale per comprare loro un regalo e chiedo a Saint-Amaux di darglielo come se fosse da parte sua. Mi sento malissimo all'idea di rovinare loro la salute coi miei rimproveri. Senza il mio fottuto orgoglio, passerei metà del tempo a rompere loro le scatole e l'altra metà a cercare di rimediare.

Mi piace anche scrivere le frasi di Saint-Amaux riguardo la nostra famiglia. Ci dipinge meglio di quello che siamo: «Le sorelle Ruiz-Monpean hanno trasformato il villaggio. Non contente di essere belle, gioviali e tanto gentili, hanno saputo creare con gli abitanti un rapporto che ha del miracoloso!».

Io non posso impedirmi di pensare che, se fossimo state così eccezionali, i nostri genitori non ci avrebbero abbandonate. Leonor e Rita hanno bruciato la loro lettera di addio, per essere sicure che non mi capitasse tra le mani. Forse vedrei le cose diversamente se avessi potuto leggerla. Ma la riscrittura delle mie sorelle quando sono stata «in età da comprendere» non è bastata a cancellare del tutto la storia che mi ero raccontata. Ho aspettato otto lunghi anni il ritorno di mamma e papà. Se solo avessi chiesto spiegazioni... Il peso che rappresentavo per le mie sorelle meritava che io le lasciassi in pace.

E poi una sera Saint-Amaux chiama il café dicendo che si sente stanco. Chiede a Rita di avvisare i suoi amici di Comigne che non riuscirà ad andare. Non è da lui. A mezzanotte, il dottore si ferma al café a bere qualcosa. Anche questo, insolito. Con un singhiozzo ci annuncia che Saint-Amaux è morto. I pilastri del bar si crepano all'istante, e si sgretolano. Il silenzio urla la disperazione. Per me e Cali è un cataclisma. Solo Saint-Amaux aveva il dono di farci viaggiare senza che lasciassimo il nostro buco quando la bassa stagione allontanava i turisti. E senza di lui i mesi invernali si allungano come la statale 66.

Manu, il suo amico fraterno, è molto colpito dall'improvvisa dipartita di Saint-Amaux. Anche se non si vede, ha sempre un sorriso tenero e un po' triste, sotto il sempiterno berretto calato in testa. Manu è il re dei soprannomi: chiama mia sorella maggiore Spaghetto, forse perché non salta un solo pranzo quando il *potage* con spaghettini di Leonor è nel menu. Rita è Spaghetto *Dos* e io Spaghetto *Tres.* Ma nel paese si sono subito dimenticati di Spaghetto Tres per soprannominarmi *le Pastre,* che vuole dire «il pastore» in occitano. In effetti ho sempre dietro di me un gregge di pecoroni pieni di testosterone che mi seguono sperando nei favori della ragazza tanto aperta che sono diventata.

La maggior parte delle ragazze della mia età sono sposate, o almeno fidanzate. Io, arrivando al café, non avevo ancora mai visto il lupo, come dice Madrina. Non avevo nemmeno mai dato un bacio sulla bocca, in tutta la mia vita. In un batter d'occhio sono passata da un estremo all'altro. Proibizione per le mie sorelle di entrare in camera mia. Ho traslocato di un piano. Ho preteso di occupare la camera del piano terra, che aveva una porta direttamente sulla strada. Cali, in gonnella, stava sempre dietro a me per sostenermi nelle mie rivendicazioni, si agitava di fronte alle reticenze di Rita. Presentiva in qualche modo che le mie richieste erano giuste e importanti.

Mi capisce meglio di chiunque altro, Cali. Manu la chiama Saturnin, con riferimento al bel paperotto che passa in televisione. Non riusciamo sempre a capire tutte le sfumature che Manu mette nei nomignoli che ci appioppa, ma ne sentiamo tutta la tenerezza.

Manu è il fratello e il compagno di *belote* di Pedro; passano il tempo a litigare per delle scemenze. Anche le loro mogli bisticciano in continuazione per prendere le difese dei mariti. Eppure sono vicini di casa e non fanno niente gli uni senza gli altri. Pedro è una specie di Louis de Funès, alimentato a centomila volt, con una gestualità sincopata e nervosa. Parla così veloce che spesso non si capisce niente di quello che dice. Per non offenderlo, annuiamo, anche perché se è ferito Pedro parte in quarta, si accende in un attimo.

Grazie a lui, Cali ha fatto uno dei suoi incontri più belli: il flamenco. Lo balla bene. Noi siamo tutti più o meno bravi a danzare da queste parti, ma Cali, che è stata contagiata da questo virus molto giovane, più degli altri. La sua grazia naturale la aiuta, tutto sembra facile per lei. Noi siamo orgogliosi da morire.

Il giorno in cui ha deciso di farne il suo mestiere, è stata un'altra faccenda. Riunione d'emergenza. Mezzanotte, sala del ristorante, l'unica stanza i cui muri non hanno orecchie. Leonor, Rita, Madrina, Meritxell e io. Pedro compila le sue schedine al bancone.

«Ballare non è un mestiere, *¡Coño!*» esclama Leonor, tanto per iniziare.

«E perché mai? Ci sarò io a darle una mano, se non guadagna abbastanza», ribatte Rita.

«Ma certo, Rita, assistila pure fino a quando avrà ventun anni, così farà il doppio della fatica degli altri a trovare la sua autonomia! E se ti succede qualcosa, si ritroverà senza niente in mano. Come me», dico.

Offesa, Rita, si gira verso la più anziana del gruppo, Madrina, che balbetta: «Carmen, sei un'ingrata... Ascolta, Leonor... Cali ha tempo per ripiegare, se vuole tentare la fortuna ora è il momento giusto. Io posso trovarle dei lavori di sartoria, se ne avrà bisogno...».

Questa frase mi fa imbestialire. A nessuno importa niente di quello che dico.

«Assistere non significa aiutare, cazzo! Aiutare

è insegnare a qualcuno come cavarsela coi suoi mezzi. Ditele che la sosterrete qualunque cosa succeda. Ditele che deve fare le sue scelte con la consapevolezza che il mondo là fuori è senza pietà. Misurate il suo desiderio ed esprimetevi in funzione di quello! Ma smettetela di scoraggiarla nel momento in cui ha il fegato di affermarsi!»

Come Pedro, anche io ho notato che Cali ha qualcosa di speciale quando balla il flamenco. Se danza il valzer o si muove sulle punte, è brava, ma quando entra nella sua pelle di *bailaora* diventa un sole. Si libera da ogni limite. Imparando il passo che Pedro le mostra, è come se il suo istinto venisse fuori e vedo sanguinare in lei tutte le ferite della Spagna. Sulla voce di Aniya la Gitana o quella di La Niña de los Peines, le sue improvvisazioni sono ancora più spettacolari. La rabbia si unisce alla dolcezza e da quel contrasto nasce una vera e propria magia. Un'urgenza che trascina, scuote, trafigge, per meglio commuovere. Le mie sorelle lavorano troppo per per poter notare qualcosa che è tutto tranne che un dettaglio. Madrina, dal canto suo, fuma troppo per vedere oltre la pompa di benzina di cui si occupa. Per fortuna, Pedro e io siamo lì a vigilare che il seme maturi come si deve. Gli ho chiesto di scrivere a sua sorella a Cadice in modo che trovi dei *tacones* taglia trentasette e un abito taglia trentaquattro. Pedro era eccitato dal mio piano come un cagnolino davanti al suo primo osso. Le gioie di Cali, e anche solo l'idea di provocarne una, sono benzina per i nostri piccoli motori.

ANTONIO

Il mercoledì sera al café non c'è un gatto. In otto anni a La Terrasse, nessuna eccezione alla regola. Gli abitanti del paese si risparmiano per il torneo di *belote* del giovedì, quindi qui dopo le nove non ci si attarda. Ognuno vuole essere al meglio per le competizioni del giorno successivo. Si può scherzare quasi su tutto, da noi, ma quando si tratta di carte la faccenda si fa seria. Il senso della competizione è proporzionale all'età dei giocatori. Manu può anche andare a gran falcate verso i ventiquattro anni, ma a ogni partita di *coinche* si infiamma come se ne andasse della sua stessa vita. I giovani non partecipano, ma non si perderebbero un giovedì al café per niente al mondo. Per loro è uno spettacolo: scaldano ben benino i contendenti e poi li guardano combattere.

Ho proposto a Rita di chiudere stasera: questo mese di agosto è faticoso per lei, con l'affluenza delle *péniches* sul canale. Per tutta l'estate del 1962 nella regione, l'afa ha costretto i navigatori della domenica a scendere dalle loro imbarcazioni. Da noi fa più fresco, e così l'hotel e i ristoranti sono al completo da settimane.

È passata la mezzanotte quando finisco di preparare i tavoli per la colazione. Che non contino sulla mia presenza prima di domani a mezzogiorno, quelle oche! Tre ore di mestieri valgono una mattinata a letto. Sento agitarsi la campanella alla porta d'ingresso e quattro uomini fanno il loro ingresso nel locale. Vestiti come dei notabili, sembrano sbarcati da un'altra epoca, un'epoca in cui anche in piena canicola la macchia di sudore sotto l'ascella della camicia è più virile che portare una canottiera. Sono stupita dai loro completi, al tempo stesso eleganti e desueti, tanto che dimentico di osservare le teste che sporgono da quei colletti così ben stirati. Io, che ho preso la brutta abitudine di avere un'opinione su tutto, non saprei dire se li trovo più patetici o eleganti. Il più basso, che è anche il più anziano, si avvicina al bancone e mi chiede quattro sangria in spagnolo. Rispondo con un sorriso ironico guardando i bicchieri che sto asciugando. Se mi vuole provocare... gli servirò un bel bicchiere colmo del mio disprezzo. Sono stanca, questo sbarca qui a un orario impossibile e per giunta mi chiede una roba sconosciuta ai più...

Attenzione! Devo aver pensato così forte che l'uomo ripete come se fosse un ordine il «per cortesia» che già chiudeva la sua domanda.

Davvero quest'uomo ha intenzione di importunarmi con la richiesta di uno stupido cocktail o chissà che cosa, quando ho la bontà di farlo entrare dopo l'orario di chiusura? Sono una donna educata, così mi limito a rispondere che non ne abbiamo. In francese, naturalmente. Mica faccio lo sforzo, ci mancherebbe.

Il più giovane mi prende per il braccio. Gli tolgo lentamente la mano.

«Non è difficile! Hai del vino rosso? Metti degli spicchi d'arancia, dell'*agua con gas*, ghiaccio, un po' di zucchero...»

Ho l'impressione che stia cercando di darsi un tono per fare il duro davanti al vecchio. Alzo gli occhi al cielo. A quanto pare la loro raffinatezza si limita al vestiario. Mi alzo e, come se non avessi sentito, mi metto a parlare, in spagnolo stavolta, delle virtù dei Corbières e dei Minervois della mia carta dei vini. Il discorso è ben rodato, so farlo in quattro lingue. Non ne so molto di più, ma le ho sempre avute nel sangue, le lingue straniere. Ancora prima di imparare, sono sempre stata aperta al resto del mondo. Mi sentivo diversa: dalle mie sorelle, dalla gente del caseggiato, poi dai miei compagni di scuola. Mi piacevano, ma non li capivo. Non ero come loro. Loro davano importanza soltanto al loro piccolo universo ristretto. Allora mi limitavo a osservare, a bocca cucita. Tanti anni passati a guardare, senza fare domande. Certe bombe si disinnescano, quando il ritardo dello scoppio è troppo lungo. Ma non io. Non esprimersi significa non vivere.

Capisco lo spagnolo, ma odio parlarlo. Non lo uso più da quando ho imparato il francese, se non in caso di necessità, come stasera. O con le mie sorelle, quando siamo sole, per fare loro piacere. Vedo bene che le rattrista se non mi ci metto.

Appena degli stranieri entravano dalla porta del café, mi mettevo appresso alle ragazze per farle accomodare. Questa cosa mi è valsa un sacco di felicissimi malintesi, giacché il corso di lingua si tramutava spesso e volentieri in una notte di fuoco. La mancanza di comprensione verbale non è mai stata un ostacolo al miscuglio carnale delle culture.

La mia risposta disinvolta alla richiesta di sangria non funziona. Sento che il nanerottolo è offeso, ma non cerco di rimediare. Che vadano a cercare altrove, se non sono convinti: con la stagione al suo apice non dipendiamo certo da quattro bicchieri di vino! E che cazzo, per di più vogliono una stanza, questi maledetti, devo liberarmi di loro. Entrano a mezzanotte, ti chiedono di preparare una bevanda che non conosci e ora vogliono pure un alloggio per la notte! Li ribalto. Nella lingua di Molière, stavolta.

«L'hotel è al completo. E posso offrirvi vino, birra o niente. Chiudo tra cinque minuti.»

Mentre giro i tacchi per finire di sistemare le sedie sotto ai tavoli, i miei occhi incontrano i suoi. E ci trovano del fuoco. Un ardore carnale. Lo shock è violento e dolce al tempo stesso. Sostengo lo sguardo, per provargli che non ha potere su di me. Da quando ballo, sono io che conduco la danza; da quando navigo, sono io che tengo la barra, da sola, e le cose non cambieranno certo stasera. Eppure eccomi sommersa, e tutta vestita. La sua sensualità è come un rampino che mi si pianta vicino all'ombelico. Sono fritta. In trappola. L'attrazione è irresistibile, la caduta e la sua vorticosa ebbrezza saranno inevitabili.

«Sapete cosa? Ve la faccio, la vostra dannata sangria.»

Si chiama Antonio, ed è madrileno. Di tutto il resto non saprò nulla chiudendo il negozio, completamente sbronza, alle cinque del mattino. Entro nella stanza di Cali, che è partita per una tournée. In pochi minuti, con un occhio chiuso e uno aperto – messa a fuoco difficile – chiudo le cose di mia nipote nell'armadio del corridoio. Li invito a entrare nella camera, e rimango fuori.

«Davvero è solo per non lasciarvi in mezzo a una strada. Vi arrangiate per i letti, non posso fare altro. E dovrete pagare qualcosa, anche se la sistemazione non è il massimo. Vi metterete d'accordo con mia sorella Rita domani. *¿Vale?*»

«*Vale, gracias, señora dueña*», dice il più giovane.

«*Buenas noches.* Colazione da pagare a parte, la serviamo fino alle undici.»

Mentre me ne vado e sento la loro porta che si chiude alle mie spalle, mi viene in mente il materasso disponibile nella stanza di Rita. Mi giro velocemente per andare a proporglielo e mi ritrovo faccia a faccia con Antonio. Il mio dietrofront non lo stupisce minimamente, come se avesse saputo che sarebbe successo.

«Io dormo con te», dice a bassa voce.

Una voce sussurrata, ma ferma. Abbocco all'amo, ma non come una triglia, eh... non sono più una bambina. Se decido di stare al gioco, è perché so di avere buone carte. Mi interessano i bluffatori perché mi piace smascherarli e ho intuito benissimo le sue intenzioni. Vuole che sia io a baciarlo, a saltargli addosso. Ma so giocare anch'io. Lo fisso con aria di sfida. Il mio desiderio è così forte da essere quasi doloroso, ma non lo faccio vedere. Antonio mi prende per il bacino e lo preme contro il suo, senza smettere di fissarmi negli occhi: aspetta di veder comparire una crepa. Spera che il mio corpo mostri una fragilità, la mia voglia, o la mia sorpresa, magari per approfittare di quella vulnerabilità... Io resto impenetrabile. Sarà lui a dover supplicare, fino a non avere altra scelta che quella di saltarmi addosso. Ma cosa aspetta, in nome di Dio? Il segnale che è arrivato il momento di dare l'assalto. Antonio interrompe il duello sollevandomi la canottiera per iniziare a divorarmi il seno sinistro. Ho un fremito. La partita è finita. O è appena cominciata.

Per stavolta non riusciremo a raggiungere camera mia. Andare fino ai gradini che salgono al piano di sopra, a due passi da dove inizia il nostro amplesso, mi risulta già difficoltoso. Ma per non essere sentiti...

Antonio mi schiaccia contro il muro, sento il suo sesso attraverso il grembiule e la gonna. Mi toglie le mutandine e si abbassa i pantaloni. Potrei godere non appena entra dentro di me, ma sarebbe troppo facile. Ci conosciamo appena, perché dovrei offrigli un simile regalo quando già pensa di avermi in pugno? All'improvviso si ritira. Ricomincia a fissarmi dritto negli occhi senza toccarmi. Al diavolo la dominazione, al diavolo la sua soddisfazione egocentrica, stavolta non ne posso più. La mia bocca incontra la sua e prendo il suo sesso per farlo scivolare dentro di me. Mi respinge. Senza violenza, solo con una punta di aggressività che mantiene la tensione al suo apice. Sorrido.

Ho una voglia matta di continuare a lasciarmi sorprendere. Il gioco è delizioso e mi diverte. Mi prende il ginocchio, mi solleva la coscia e si abbassa. Mi sfiora le parti intime, senza davvero toccarle. Manipola il mio desiderio, mi lecca l'interno delle cosce, si ferma all'improvviso per accarezzarsi, mi lascia sperare nei suoi favori. Avvicina piano le labbra, ancora una volta. Fa scivolare una mano fino al mio seno. L'altra stringe più forte la coscia e la sua bocca, finalmente, consuma il mio sesso. Basterà un minuto. Antonio scala il mio corpo fino a quando incontra il viso e lascia risuonare il mio rantolo, a cui il piacere ha tolto ogni inibizione. Indietreggia e mi fissa di nuovo negli occhi. Si prende in mano il sesso, mi mormora di continuare a guardarlo negli occhi e termina la sua corsa da solo, rifiutando le mie carezze e ripetendo a ognuno dei miei tentativi «*Mirame a los ojos*». Trema. È magnifico, selvaggio, mi fa quasi venire voglia di ricominciare. Il desiderio mi trascina, guidato dal fuoco di Antonio. Godo.

Sono sola nel mio letto quando apro gli occhi, strappata al sonno da delle urla. Le risse sono rare al café, e generalmente notturne, non iniziano mai prima delle undici di mattina! Riconosco la voce di Rita. Anche quella di Pedro. La curiosità è sovrastata dalla stanchezza e mi rimetto distesa. In quel momento Antonio fa irruzione nella stanza.

«Ce ne andiamo.»

Quelle parole mi paralizzano. Eccomi come una bambina a cui tolgono la caramella subito dopo avergliela regalata, quando ha appena cominciato a fondersi sulla sua lingua. Delusa. Smarrita. Mi vesto mentre lui raduna le sue cose sparse.

«C'entri qualcosa con la litigata che si sente da sotto?»

«Le tue sorelle sono pazze.»

«Sì, grazie, lo so. Hai altre informazioni sorprendenti da comunicarmi?»

«Hanno il dente avvelenato contro la corrida.»

«So anche quello. Eppure sono spagnole fin nel midollo. Che sia o meno una tradizione, una faccenda culturale, se si ha un cuore che funziona come si deve, non si può ammettere che succedano cose del genere!»

«...Io sono un matador, Carmen. E oggi insegno la mia arte a dei giovani apprendisti. Farò di loro dei grandi toreri.»

Magia rotta, all'istante. Ma certo, ecco perché. Il portamento altero, la flessuosità dei gesti, la potenza del suo corpo. Non era il mio potere d'attrazione stanotte a guidare il suo stato d'urgenza. No, era il suo senso della drammaturgia che si esprimeva. Una meccanica ben oliata. Avrei dovuto immaginarlo: quel che va per la maggiore sono le donne longilinee, non le felliniane come me. Faccio eccitare i ragazzi di qui solo perché non hanno niente di meglio da mettersi sotto i denti. Eh già, da qualche tempo niente più rotondità sulle copertine delle riviste, c'è posto solo per le silfidi. Le mie sorelle si ribellano contro tutto questo. E sono donne impegnate. In effetti, fanno pressione sul dipartimento affinché la corrida non superi le frontiere delle nostre terre. Solo Madrina apprezza la tauromachia, perché suo fratello si guadagna da vivere scommettendo sui *toros*. Ma per noi ferire un animale in nome della nobiltà o della bellezza del gesto è un atto di pura barbarie.

Antonio, sei cascato male.

Aprendo la porta in fondo al café, scorgo Rita in piedi su un tavolo, con una scopa in mano, che sbraita in spagnolo parlando così veloce che non capisco nemmeno tutte le parole. Gli habitué sono silenziosi, sul chi vive. Madrina, sulla soglia, squadra i tre toreri invitandoli a uscire. Pedro trattiene Leonor, pronta a saltargli addosso. Non credo ai miei occhi. Lei che è sempre così riservata, attenta a salvare le apparenze... Devono esserci andati giù pesante, quei tre cavacorna, per metterle in uno stato del genere. O forse è bastato sentire che mestiere facessero per far uscire le mie tigri dai gangheri. Da noi gli animali sono membri della famiglia. Non li si utilizza, non li si uccide, li si tratta bene. Salty, il cane da pastore, è il guardiano della nostra pace. Annusa un cliente sgradevole non appena posa le chiappe sulla sedia del locale, ancora prima che il tizio abbia aperto la bocca. E lo fissa, senza fare altro. In quel modo, gli impiastri non si fermano mai molto. Coco il pappagallo fa imitazioni a tutta birra.

Se c'è qualcuno che non gli piace, diventa insopportabile. Ponpon, il coniglio albino di Cali, è così pauroso che morde chiunque si avvicini. E poi abbiamo Negrito, naturalmente. Con un café che fa concorrenza all'Arca di Noè, le mie sorelle non potevano certo accettare quei banditi nel nostro bar.

Fuori dal café, i giovani di Marseillette si sono schierati in fila; al primo segnale di Rita sono pronti a intervenire. Lei si gira verso gli spagnoli: «Allora, assassino, lo ripeti che io disonoro i miei genitori con le mie idee moderniste? Lo ripeti? *¡Coño, repitelo! ¡Escuchamos! ¡Repitelo, mal parido!*» urla a squarciagola, minacciandoli con la scopa.

Snocciola insulti davanti ai toreri esterrefatti. Questo suo modo di prendere sempre tutto a cuore mi stanca. I giovani si fanno da parte lentamente per lasciar passare Antonio, che tenta di raggiungere la sua automobile. Con un cenno della testa invita i suoi compatrioti a seguirlo. Loro eseguono, più impressionati dal furore femminile all'interno del locale che dalla squadra di rugbisti schierati di fuori.

In Spagna, nel campo accanto a quello dove i miei genitori avevano i loro gelsi, c'era un allevamento di tori da combattimento. Bisognava vederli come difendevano i loro piccoli al minimo pericolo... come mia madre con noi. A volte caricavano, impauriti nel trovarsi lì gli allevatori in pieno parto. Ma bastava che gli intrusi si allontanassero dai loro piccoli perché ritrovassero la calma. Quelle bestie non hanno alcun bisogno di far scorrere il sangue per sentirsi forti. Si proteggono, tutto qui.

Con le mie sorelle pronunciavamo incantesimi perché i nostri preferiti fossero respinti alla pesata. Al di sotto dei quattrocentoquaranta chili, finivano nel piatto, o diventavano tori da monta, se erano fortunati. Giravamo per il paese per salvarli, proponendo a destra e a manca i loro servigi e non eravamo mai a corto di argomenti sulle virtù misconosciute della trazione bovina. Ma l'esito era sempre lo stesso, i cadaveri dei nostri amati vicini finivano sulla copertina del giornale locale. Allora Mamma, che capiva tutto, preparava delle *madeleines* e della cioccolata calda per inzupparci dentro i nostri cuori gelati. Senza una parola, lasciando che concludessimo che la vita è una sequela di ingiustizie, ma, se anche le nostre lotte a volte sono vane, non per questo bisogna smettere di resistere.

Non mi muovo. Gli assassini si ammazzano, o si lascia che il destino se ne occupi al posto nostro; di certo non si cerca di trattenerli.

L'auto però non si accende. Antonio continua a provare. Una nuvoletta nera si alza dal retro del veicolo e dai tavolini del café si alzano voci canzonatorie. Rido per quella vendetta del destino. Dopo sei o sette tentativi, il motore si mette a scoppiettare, nonostante la spessa coltre di fumo che esce dal tubo di scappamento. Il mio corpo si scinde in due, più o meno sotto le ultime costole. Una parte di me vorrebbe correre dietro ad Antonio, l'altra glielo impedisce, incorruttibile. Sono figlia di partigiani repubblicani, non lascio che nessuno tocchi la mia libertà e la mia indipendenza. Nelle avversità resto solidale con la mia famiglia di sangue e di cuore, anche se soffoco in questa bambagia.

Mi vedo intenta a inseguire Antonio, e sono sempre lì ferma allo stipite della porta. Mi vedo supplicarlo di tornare. Lo vedo uscire e baciarmi, prendermi per mano e dirigersi verso il café a fronte bassa. Ma non mi muovo. Non apro bocca. Tuttavia, guardando la Citroën DS allontanarsi tra le risate e gli applausi, sento distintamente il cuore fondersi e colare giù verso i piedi. Ho le gambe deboli e la sbornia di ieri non c'entra niente. Un'imposta si richiude su un paesaggio che non ho avuto il tempo di ammirare.

Intorno a me l'attività riprende come se niente fosse. Leonor continua a ruminare, ancora alterata. Mentre esce la sento borbottare: «Sono arrabbiata, me ne vado nell'orto».

Quando la mia sorella maggiore è arrabbiata, se ne va nel pezzetto di terra che possediamo appena fuori dal paese e parla da sola. Quelle povere verdure devono essere stufe marce di sciropparsela ogni volta che sbarca lì, tesa come una corda di violino.

«Chi scende al lavatoio a fare il bucato?» chiede Rita.

Madrina fa orecchie da mercante. André è immerso nella lettura de «L'indépendant», il suo rituale quotidiano. Ho capito.

Pare che Antonio non mi abbia amputata di niente con la sua partenza improvvisa; nonostante il peso dei panni, le mie gambe vanno che è una bellezza. Sul sentiero verso il fiume, la mia mente è percorsa da flash della notte appena passata. Il mio corpo, ancora in preda al desiderio, è affranto di fronte alla prospettiva di non rivivere più un momento di tale intensità. Se il corpo è felice, anche l'anima lo è.

Passando davanti alla *salle du peuple*, giro la testa per salutare i giocatori nel campo di bocce a fianco, ma è sull'auto di Antonio che si posano i miei occhi. Ha la capote alzata e i quattro occupanti hanno l'aria abbattuta. Vado verso di loro: «Embe'? Un torero non sa portare le chiappe fin dal meccanico?».

Nessuno risponde. Antonio mi fulmina con uno sguardo furioso, che mi infiamma il basso ventre. Lo fisso a mia volta. Gli altri mi fanno pena, così, con le mani in mano, impotenti a centinaia chilometri da casa.

Ma non perdo la bussola. Un torero guadagna bene e questi tizi non hanno pagato mia sorella.

«Volete che vi indichi il meccanico più vicino?»

Il biondo, quello che mi chiama *señora dueña*, risponde timidamente di sì. Mi giro verso Antonio.

«Lo farò con piacere appena avrete saldato il vostro conto. Potrei anche telefonargli perché venga ad aiutarvi sul posto, ma solo quando avremo fatto i conti. Cinque bottiglie di vino rosso, un'acqua frizzante, una camera, tre colazioni... non conto frutta e zucchero, naturalmente. Sono ottocento franchi.»

I ragazzi sono stupefatti. Antonio sorride. Pare che io lo abbia preso all'amo senza volerlo.

«Ok. Torna quando avrai telefonato al tizio che deve venire ad aiutarci. Devo vederti.»

Prendo i soldi e torno al café. Butto i panni sul biliardo e mi fiondo sul telefono.

«Lulu, sono Carmen. Se accendi all'istante il tuo carroattrezzi stasera stappi uno champagne. Vieni subito al *foyer* che ci sono da fare un po' di soldi. Ti spiego tutto dopo.»

Rita esce dalla cucina e comincia a lamentarsi: «Ma insomma, *cariño*, mi prendi in giro? Non ti si può chiedere nulla! Tutti quanti corriamo, qui, e tu te la prendi con calma, come se tutto il mondo stesse ad aspettare te. *¡Amorcito por favor!*».

Le tendo settecento franchi con aria maliziosa.

«Questa settimana i panni li fai alla lavanderia.»

«Ma da dove vengono?»

«Oh, niente di strano, Rita. Ho solo chiesto agli spagnoli di darmi il denaro che ti dovevano. Il tizio aveva di sicuro tre volte tanto nel portafoglio!»

«Ma dovevano pagare centosessanta franchi!»

«Saresti stata orgogliosa di me. Gli ho fatto pagare la tariffa speciale "stronzi". E il vecchio non ha battuto ciglio, per dirti quanta grana devono avere!»

«Tu sei tutta matta, *chiquita*. Ma be'... diciamo che questa ti è riuscita bene... e poi in fondo hai ragione, gli sta bene a quei *pendejos*!»

Rita mi tende duecento franchi.

«Questi tienili per te, *cariño*. Spendili come vuoi. È il tuo momento di goderti la vita. Il resto servirà per arrotondare, *mi amor*, grazie.»

Ognuna si infila il mazzetto di banconote nel

corpetto e giriamo entrambe i tacchi nel senso opposto, contemporaneamente.

Davanti alla *salle du peuple*, gli spagnoli sono ancora in attesa. Lulu arriva mentre arrivo io. Gli riassumo la situazione.

«Quanto chiedi per un intervento di solito?»

«Ottanta franchi.»

Antonio osserva la scena, a qualche metro di distanza.

«Signori, per vostra fortuna Lulu è disponibile a portarvi fino al suo garage. Sono duecento franchi per l'intervento, e per la riparazione potrà dirvi dopo aver esaminato l'auto.»

Antonio annuisce con aria birichina. Io sono destabilizzata. L'ho appena fregato per ben due volte, senza vergogna...

Lulu rimorchia l'auto, ma non ha posto per tutti e quattro. Stringendosi, ci stanno in tre, ma quattro...

«Io resto qui», dice Antonio.

Bastano quelle parole a trasformarmi in un serpente davanti al suo incantatore.

Io e Antonio passiamo il pomeriggio nella mia camera. In un vero letto, non è meno selvaggio: fa l'amore come se fosse l'ultima volta. Crea una suspence, una tensione che mi rapiscono. Non penso più, è come se fossi svuotata: è piuttosto riposante per qualcuno come me, che cerca costantemente di dare un senso alla sua vita.

Antonio mi fa domande sulla mia vita quotidiana, i miei progetti, i miei desideri. Mi parla della sua arte, dei preconcetti che il sangue si porta via. Lui li rispetta i tori. Insegna ai suoi allievi ciò che fa la nobiltà della sua disciplina. Ha tirato fuori il biondo, Carmelo, dai servizi sociali e gli altri due, Haroldo e Gabino, sono i suoi cugini. Grazie a lui quei ragazzi hanno un futuro, e siccome Franco adora la corrida vivono in piena tranquillità.

A un certo punto Rita tamburella alla porta, facendoci sobbalzare.

«Lulu al telefono per te!»

Antonio si agita, riconoscendo la voce di mia sorella, e la cosa mi strappa un sorriso.

«Fa paura, è vero, ma meno di un toro, no?» gli sussurro.

«Arrivo, Rita», grido poi.

Quando torno in camera, Antonio è seduto sul letto, di nuovo vestito e pensieroso. Gli dico gioiosa che l'auto è pronta e i ragazzi lo aspettano alle ventidue davanti alla *salle du peuple.* Lui assume un'aria solenne: «Vieni con noi. Ho un lavoro per te, vicino a Madrid. Avrai una stanza nella *finca* dove viviamo».

«Che tipo di lavoro?»

«Quello che fai qui, immagino. Commissioni, cucinare... solo che noi abbiamo già una domestica. Ti capiterà spesso di dover portare materiale in città o riceverne. La nostra è una vera e propria impresa, non una scuoletta di tauromachia.»

«Quanto?»

«A partire da quanto sei disposta a venire con noi?»

«Per essere ai vostri servizi? Settecento al mese. Non un centesimo di meno.»

«Seicento. Il lunedì sarai libera, potrai andare a spendere il tuo denaro in città.»

«Ottimo... ma no. Settecento, più il giorno libero.»

«Hai la patente?»

«No, ma se me la paghi la prendo.»

«Settecento, il giorno libero e ti pago la patente. Ma solo se lavori senza sollevare questioni; non potrò spiegarti tutto, non ho il tempo. Ti formerò sulle cose di segreteria, ma non sugli affari. Dal canto mio, non ti chiederò di dirmi tutto quello che c'è nella *paella.*»

Lo pianto lì per correre dalla mia amica Christiane. Se l'onnipresenza delle mie sorelle mi soffoca, non dimentico certo quel che devo loro, né la correttezza che i miei genitori avrebbero richiesto da me in una situazione del genere.

«Tua nipote ha ancora bisogno di un alloggio e di un lavoro, Christiane?»

«Sì, perché?»

«Perfetto. Chiamala, ha la mia camera e il mio lavoro da domani. Un mese di prova. Le invierò uno stipendio di duecento franchi garantiti e Rita integrerà a seconda dei lavori svolti, ovviamente sottraendo l'affitto.»

«Oh, grazie Carmen, impazzirà di gioia. Ma... tu dove vai?»

La domanda di Christiane resta sospesa in aria, sto già correndo a informare le mie sorelle.

In fondo, cosa rischio? In tre giorni avrò guadagnato abbastanza grana per tornare indietro se le cose vanno male... So difendermi e corro veloce.

Antonio sa che a lui non si dice di no; è il genere di uomo a cui non si resiste a lungo e il suo potere ha effetto anche su di me. Gli invidio quella sicurezza: la mia è tutta crepata. Fantastico sulla donna che sarò diventata al mio ritorno. Quei tre ragazzi sembrano messi bene per essere stati dei bambini a cui la vita non aveva riservato grande fortuna. Perché non dovrebbe succedere anche a me?

Il torneo di *belote* elettrizza il café. Mi infilo tra i clienti fino al bancone.

«Dov'è Rita?»

«Già a letto, era morta di stanchezza. Stasera faccio io la chiusura», mi risponde André senza alzare gli occhi dalla caffettiera che sta cercando di far funzionare.

«Le lascio un messaggio, stasera non torno a casa.»

«Alla tua età, Carmen, dormire fuori a destra e a manca...»

Preparo una piccola valigia. Con tutti i soldi che guadagnerò, non solo rinnoverò il mio guardaroba, ma anche ogni aspetto intimo della mia esistenza. Inutile caricarmi del passato.

Scrivo a mia sorella che vado a Madrid con un amico che ha un lavoro per me. Mi sarebbe piaciuto salutarla, ma l'occasione si è presentata solo un'ora fa, e parto con lui in serata in automobile, così risparmio il biglietto del treno. Le spiego come mi sono organizzata con la nipote di Christiane. Le chiedo di abbracciare Cali fortissimo da parte mia.

«E sì, farò attenzione. Non serve stare in agitazione, tanto non torno indietro. Ti telefono domani per farti sapere che siamo arrivati e che va tutto bene. E non farti venire preoccupazioni! *Un beso.*»

Per le prime ore di viaggio, sento le voci di Leonor e Rita che mi risuonano nella testa come se fossi accanto a loro. «Ma chi è questo amico? Lo conosci bene? Dove andrai a dormire? No, ma che idea! Andare lì per fare lo stesso lavoro che fai qua, dove hai già tutto? Lo sai come li trattano i discendenti dei repubblicani lì? *¡Como mierda!* Ti rendi conto di quanto soffrirà Cali? E poi quando torni?»

I quattro uomini si danno il cambio alla guida. Io sono seduta davanti, sul posto del passeggero. Lo spagnolo è un gentiluomo: fin dall'inizio i ragazzi sono schiacciati tutti dietro, e quando cambia il conducente insistono perché io rimanga al mio posto. Antonio si siede accanto ai cugini addormentati uno sull'altro, come due gattini nella cesta. Sprofondo nel sonno anch'io, con la speranza di far tacere le mie sorelle. Mentre mi lascio andare tra le braccia di Morfeo, mi sento serena. Quando Rita ci ha lasciate, è tornata più forte, nonostante le prove che aveva dovuto affrontare. Ha scritto la sua storia, tutta sua. Ha smesso di non essere altro che un satellite di Leonor. E io, ho smesso di essere una protuberanza delle mie sorelle? Non ancora. E se stavolta la fortuna avesse bussato alla mia porta?

Quando riapro le palpebre, vengo colta da un'ondata di panico. Sono sola nell'automobile in un parcheggio deserto con la pampa davanti a perdita d'occhio. Perfino il sole nascente sembra chiedersi che cosa ci fa lì. Mi guardo intorno, sperando di individuare un'anima viva. In lontananza, un benzinaio; qualche rimorchio abbandonato. Dietro l'auto, a un centinaio di metri, intravedo la sagoma di Antonio, che discute con due colossi in tenuta da becchini. Si scambiano qualcosa. Strizzo gli occhi, ma non riesco a cogliere la natura del loro commercio. E se fossi io l'oggetto della transazione?

Carmelo apre di colpo la portiera e mi tende una tazzina di caffè. Un'apparizione angelica. Che bravo ragazzo.

«*¿Dormiste bien, señora dueña?*»

«*Sí. Gracias. ¿Donde estamos?*»

«*Unas horas màs, y estamos en La Casa Grande.*»

«Dov'è *la casa grande*? Cos'è?»

A rispondermi è la voce di Antonio, che si è avvicinato a noi.

«È la mia tenuta, la nostra casa e il nostro luogo di lavoro, vicino a Madrid. Abbiamo una *finca*, dove alleniamo i cavalli, e una *ganadería*, dove alleviamo e prepariamo i *toros bravos*. Potrai dire alle tue sorelle che gli animali sono tutt'altro che infelici da noi quando avrai visto in che ambiente crescono! *¡Vamos!*»

Ci sono sorprese a cui non si accede se non correndo dei rischi. Eccomi ricompensata. La Casa Grande è un'oasi di pace in cui la natura si riprende i suoi diritti. Faccio un tuffo nel passato, senza aver preso la precauzione di riempirmi prima i polmoni. L'emozione mi sommerge. Eppure non riesco a identificare davvero quel che mi sta invadendo. I ragazzi non notano nulla, sono già tutti indaffarati.

La sera, nel mio nuovo letto, i fantasmi che mi hanno assalita arrivando qui cessano il loro valzer indiavolato e finalmente riesco a distinguere i loro volti: mia madre e mio padre che ingaggiano una battaglia d'acqua nel campo di gelsi, mia nonna con la gonna rialzata sulle caviglie e i piedi nel fiume, mentre tenta di pescare delle trote a mani nude, mio nonno che mi solleva per farmi accarezzare i tori. Mi è bastato guardarmi attorno per capire che qui sarei stata a casa mia. E le dimensioni del mio bagno me lo conferma. Che lusso!

L'uomo che viene ad addestrare i cavalli è francese. La domestica ecuadoriana. I ragazzi che si occupano degli animali, messicani. Tutti gli altri, spagnoli. Apertura verso il mondo, dicevo.

Qui certi giorni sembra di stare in una fabbrica. Non avevo capito la portata della faccenda, quando Antonio me ne ha parlato: c'è gente che entra e che esce da ogni parte, come nel caseggiato di Narbonne dove sono cresciuta. Ma qui è più bucolico.

L'*hacienda* si estende su due ettari ed è organizzata in settori. Al centro c'è un campo per gli allenamenti. Attorno alla casa si trovano il recinto dei cavalli e quello dei tori, separati dalle scuderie e dal pollaio.

Alla Casa Grande i giorni si susseguono veloci

uno dopo l'altro. Mi sveglio di buon'ora, prima dei ragazzi, per preparare la loro colazione e i costumi. Quando ho finito di sistemare la cucina, faccio i letti, porto alle galline gli avanzi della sera prima e mi rimetto ai fornelli per preparare il pasto di mezzogiorno. Di ritorno dalla loro mattinata di allenamento, i ragazzi sono morti di fame.

Passo molto tempo a rammendare i loro abiti, perché Antonio rifiuta di *afeitar* i suoi tori. Io la interpreto come clemenza, ma non è affatto così: è un accorgimento per sembrare ancora più coraggioso davanti ai suoi pari. Il pomeriggio rispondo al telefono, annoto i messaggi e gli appuntamenti di Antonio, organizzo i trasporti degli animali e ricevo le spedizioni. Il fieno. Il grano. Gli attrezzi. Il vino. I *trajes de luces*, gli abiti dei toreri. Antonio mi chiede di mettere i cartoni nel suo ufficio, di cui solo io e lui abbiamo la chiave. Apro. Metto giù il pacco. Richiudo, a doppia mandata, come richiesto. A volte il pacco viene da un laboratorio farmaceutico, a volte ha un'origine più misteriosa. E spesso ricevo scatole di sigari provenienti da Caracas. Eppure non ho mai visto fumare Antonio. I ragazzi, invece, fumano l'erba recuperata dai tizi che curano gli animali. Quando li becco in flagrante, prometto di non dire nulla in cambio di qualche tiro.

Li fa ridere che una vecchia di trentadue anni abbia voglia di sballarsi un po'. Io rispondo loro che alla mia età, per l'appunto, si è consapevoli di quanto la vita è corta e quindi sarebbe stupido privarsi di quel piacere.

Incrocio poco Antonio, ma abbastanza per placare il mio bisogno di adrenalina. Spesso succede il giovedì, dopo che ha allenato Carmelo alla messa a morte: viene a trovarmi a sorpresa, e non sono mai delusa. Mantenere i nostri incontri segreti li rende ancora più eccitanti.

In generale, una volta calata la notte, sono sola coi ragazzi. Non fanno la vita dei giovani della loro età. Non escono mai dalla Casa Grande, se non per andare in questa o quell'arena. Oso sperare che in occasione delle cene di festa, dopo le loro corride, non esitino a cogliere i fiori che si chinano ai loro speroni. Non so in che momento mi sono messa a pensare a loro chiamandoli «i miei ragazzi», ma so perché lo faccio. Quei giovani uomini sono dei tesori; e io li curo, i miei ragazzi, con tutto il mio cuore. Si meritano questo, e molto di più: si danno un sacco da fare per essere all'altezza delle esigenze di Antonio e per aiutare economicamente quel che resta delle loro famiglie. La volontà e l'impegno che mettono nell'arena è pari solo alla loro dolcezza nei momenti di intimità. Soprattutto Carmelo. Aveva solo sedici anni quando l'ho conosciuto.

Il venerdì e il sabato i ragazzi partono per le corride, allora prendo l'autobus e meno di due ore dopo mi ritrovo nel cuore della bella regione di Madrid. Mi piace tanto oltrepassare la frontiera che separa la regione di Castilla-La Mancha, dove si trova La Casa Grande, da quella della capitale. Arrivo in città con liste di commissioni chilometriche che mi hanno affidato i ragazzi e inizio la mia maratona. Faccio amicizia con certi commercianti, contratto sui prezzi e mi prendo sempre il tempo per concedermi un cono gelato.

Antonio ha voluto che fossi presente alla corrida organizzata per oggi. Di solito non insiste, sa che sarebbe una tortura per me. Ma oggi è un grande giorno, si taglia la *coleta*, ultimo evento della carriera del torero, col quale va definitivamente in pensione. Secondo Antonio è arrivato il momento: desidera dedicarsi all'organizzazione delle corride e sente che il maggiore dei cugini è pronto per la sua prima messa a morte. Nella casa c'è una grande eccitazione. I ragazzi sono bellissimi nei loro costumi attillati e scintillanti. Antonio scende le scale come un imperatore, concentrato. I ragazzi si alzano per mettersi con un ginocchio a terra e mi sento cogliere dall'emozione.

Antonio ha previsto anche come devo vestirmi io; un abito ridicolo, scollato, fru-fru, per niente il mio stile. Lo metto controvoglia, solo per fargli piacere, e anche per far onore a Léon, il toro, l'altra stella di questa giornata. Voglio essere degna del suo probabile addio.

Per tutto il tragitto, Antonio getta occhiate inquiete nello specchietto retrovisore, come se sospettasse che qualcuno possa seguirci. Tutta la regione sa perfettamente dove si trova Antonio Calderón in questo preciso istante! Chi mai avrebbe interesse a inseguirlo? Non ha senso... La pressione dell'ultimo combattimento sembra maggiore di quanto potessi pensare. Antonio ha la mascella contratta, picchietta nervosamente con l'indice sul freno a mano. Non l'ho mai visto fare così prima d'ora; di solito non sa cosa sia lo stress, domina tutto: i pericoli nell'arena così come ogni movimento della sua tentacolare azienda.

È teso quando mi fa scendere davanti alle arcate per poi dirigersi negli spogliatoi. Eppure, qualunque cosa accada, le vittorie passate bastano e avanzano a garantire il suo mito; non deve dimostrare nulla a nessuno oggi. Intuisco vagamente che qualcosa non quadra, ma non penso ad altro che al mio povero toro. L'ho visto nascere e contro il suo fianco ho festeggiato i miei trentatré anni, in un *tête-à-tête* canoro dentro una Casa Grande deserta. Ho bevuto una bottiglia di vino raccontandogli della mia vita di prima, perché quella era una delle sere in cui ero sommersa dalla nostalgia. Questo stato d'animo è spesso legato a una delle lettere di Cali. Mia nipote scrive come danza, con poesia e vigore. Si sente sola senza di me, in quel formicaio del café, e la cosa mi addolora. Quella sera ho deciso che avrei cantato per lei, pregando perché la mia voce attraversasse il cielo e le portasse il mio amore al di là della barriera dei Pirenei.

Canto per Léon tutti i giorni, quando i ragazzi si fanno la doccia, la cena è pronta e il sole sprofonda nelle braccia della notte. Fingo di non vedere i miei ragazzi che si affacciano alla finestra in silenzio per ascoltarmi, e discretamente alzo il volume per dedicare loro ogni nota.

Se tu sapessi che sorte ti aspetta, prode Léon... Penso all'angoscia che devi aver provato in quel rimorchio per animali.

Prendo posto sui gradoni. La folla mi guarda. Esco poco, ma tutti sanno chi sono. La cosa non mi mette in imbarazzo, penso solo a Léon. Cosa sente, cosa prova, rinchiuso nel *chiquero*? Sa che c'è il suo stesso padre, armato, dietro quella porta? Ho visto Antonio mettergli qualcosa in bocca quando siamo arrivati. Cos'era? Ho quasi voglia che Léon lo infilzi, ne è perfettamente capace. Lo sarà in ogni caso dopo il secondo *tercio*, reso furioso dalle *banderillas*; quando soffre non è più lui, i suoi istinti più bassi si risvegliano e l'espressione «vederci rosso» acquista tutto il suo senso. Va fuori di testa e diventa capace del peggio.

Oggi Antonio sfida il frutto del suo lavoro, ma è il pubblico che ha a sua volta sfidato Antonio, scrivendogli decine di lettere affinché il suo ultimo combattimento si svolgesse proprio contro Léon, che è uno degli ultimi Miura, la razza più aggressiva e la più potente.

La porta si apre. Ultimo *tercio*. Credo di aver tenuto gli occhi chiusi per tutto il secondo. Léon è accecato dalla luce, stordito dalle grida, ma sente la presenza di Antonio davanti a lui. Corre a destra, a sinistra, disorientato, mentre il pubblico intona un canto guerriero e gli applausi scoppiano come petardi nelle orecchie del toro. Quel che tutti prendiamo per furore in realtà è panico. Léon alza la testa verso Antonio e i loro sguardi finalmente si incontrano. Léon fissa il suo padrone-nemico indietreggiando. Nel suo atteggiamento c'è tanto odio quanta delusione. Nessuna paura. L'animale si ferma e si accascia. Il pubblico protesta, Antonio si avvicina e agita la sua *mu-*

leta, ma invano: Léon rifiuta di battersi, ostinatamente. Preparano un altro animale. Léon potrà essere graziato? Cosa si fa in questi casi? Si può finire chi ha deciso di arrendersi? Sperando di no, sono a un passo dal credere in Dio.

Antonio e i ragazzi si mettono subito in strada dopo lo spettacolo. Haroldo fa la sua prima corrida da *matador*, ed è Antonio che organizza l'evento: sono attese più di sedicimila persone. Partono per Nîmes. Venivamo proprio da lì, pensa un po', il giorno in cui li ho incontrati.

Un taxi mi riporta alla Casa Grande verso le undici di sera e sono sfinita. Festeggiare Antonio con la crème della crème dei tradizionalisti di Madrid è stato un supplizio. Prima di lasciarmi andare al sonno, però, devo ricevere un pacco per lui. E da lunedì si ricomincia. Una consegna a mezzanotte! Davvero non ci sono orari per i *ganaderos*. Lunedì Antonio sarà tornato a casa, se sono fortunata se ne occuperà lui stesso. Lui è uno che tira tardi la sera, invece io da quando vivo alla Casa Grande ho allineato il mio ritmo a quello del sole e del cortile.

Nessuna notizia dei ragazzi, che dovevano arrivare all'inizio del pomeriggio, ma io rifiuto di preoccuparmi. Sarà ancora un colpo basso dell'automobile. Spero solo che non tornino con una ragazza come hanno fatto con me, l'ultima volta che hanno avuto un problema col motore! Ormai sono quattro anni che faccio parte della famiglia e qui c'è posto per una sola donna. È mezzanotte. Fumo seduta nel portico, in camicia da notte, pronta a ricevere l'ultimo pacco prima di andare a letto. Mi stupisce che Carmelo non abbia telefonato, lui che di solito è così premuroso con me. L'oscurità è profonda, nonostante la luna piena che illumina il paesaggio. Da lontano si sentono dei cani che abbaiano. Vedo dei fari avvicinarsi. Finalmente! Ma è strano, ci sono diverse macchine. Mi alzo. Cos'è tutta questa gente? Conto quattro, poi sette automobili. Dev'essere successo qualcosa ad Antonio e ai miei ragazzi. No, impossibile. Entro come una scheggia per afferrare un cappotto, una vestaglia, qualunque cosa mi dia un aspetto decente. Ma guarda, tutte le valigie nell'armadio sono scomparse. Eppure sono partiti solo per due giorni...

La luce dei fari illumina già tutto il salotto. Esco ad accogliere quella gente e la cattiva notizia che si profila all'orizzonte. Purché non sia successo niente a Carmelo. Scendo i pochi gradini del portico. Le frenate fanno stridere le gomme con un penetrante lamento. Delle voci, urlanti, mi circondano, dicono il mio nome, si sovrappongono. I fari, vicinissimi, mi accecano e disorientano. Penso a Léon nell'arena. Un balletto di portiere che si aprono e si chiudono. Siamo assediati. Sento gli animali che si agitano. Incontro per la prima volta quella che è destinata a diventare ben presto la mia più cara compagna di viaggio: la paura. È lei che accompagna quella schiera di uomini che escono alla spicciolata dai veicoli. Puntano le armi su un unico obiettivo: me.

«*¡Manos en la cabeza! ¡Carmen Ruiz-Monpean, estás bajo arresto!*»

Ho le mani strette sull'ombelico, e non riesco a muoverle da lì. Continuo a camminare verso di loro, mio malgrado.

«*¡No te mueves, no te mueves, puta madre!*»

Mi fermo di colpo, terrorizzata. Un gruppo si stacca per andare sul retro della Casa, un altro va verso la stalla.

«*¡Encuéntren a Antonio, captúrenlo, corran, coño! ¡Prisa! ¡Prisa!*»

Riprendo a camminare verso le decine di poliziotti schierati davanti a me, sempre mio malgrado: è il mio corpo che cerca di mostrare loro che sono innocente, non ho fatto niente di sbagliato. Mi sento confusa, scossa, quasi da sentirmi male. La testa non risponde più; ci sono solo le immagini che mi assalgono come una serie di diapositive, una dopo l'altra, freneticamente.

Mi ammanettano, mi fanno salire su un'auto. Dopo qualche chilometro, il poliziotto seduto alla mia destra mi solleva la camicia da notte e mi mette una mano sulle mutande sorridendo al collega a sinistra.

«Allora, ti bagni per tutte le uniformi, o solo per i costumi con le paillettes?»

Gli sputo in faccia. Quello stronzo, sorpreso, mi molla uno schiaffo. Sento il collo che scrocchia.

Dove sei Antonio? E che cosa hai fatto?

È tutta colpa delle mie sorelle. Hanno voluto farmi da mamme, ma hanno mancato l'obiettivo essenziale: prepararmi alla vita vera, quella che ti coglie di sorpresa, ti sconquassa, ti chiede di essere vigile in ogni istante, perché ci vuole un attimo, un battito di ciglia, per precipitare nel caos. Proteggere significa formare, dare chiavi. Non aprire porte.

Rita e Leonor mi hanno covata, abbassando tutti gli ostacoli perché potessi superarli senza sforzo. Madrina era dura con Rita, la metteva spesso di fronte all'orrenda realtà che la aspettava. Io ero «la piccola», dovevo essere trattata come fossi stata di porcellana, sennò le sorelle Ruiz-Monpean si arrabbiavano parecchio. Non c'è da stupirsi se, con un'educazione del genere, non sono corazzata. Ho sempre avuto qualcuno che mi dicesse cosa fare e che prendesse le mie difese. Dopo le mie sorelle, ci sono stati Antonio e i miei ragazzi.

Qui, nella prigione di Ventas, invece, sono fritta.

Il rumore del chiavistello è diventato nel giro di qualche settimana un membro della mia nuova famiglia, così come il fruscio delle pagine che volto: le mie sorelle non crederebbero ai loro occhi trovandomi immersa per ore in un libro. Ma non crederebbero ai loro occhi nemmeno per tutto il resto. Devo trovare il coraggio di far sapere loro la verità.

La mia compagna di cella entra, senza fiato, e mi dice che non ha avuto il suo pasto. Tiene in mano un sacchetto di carta e lo porta alla bocca per respirare. Non è una che parla molto, ma a me piace. Ha ucciso suo marito, che la tradiva con sua sorella, e ha ucciso anche sua sorella, ma quello è stato un errore. Con me è piuttosto dolce, per quanto possono esserlo le donne di qui...

Sono appena tornata dal refettorio. Sono sul mio letto, quello in alto, immersa nella lettura.

«In che senso, non ti hanno dato da mangiare?»

Lei serra la mascella, digrigna i denti. Nessuna risposta. Fa un respiro profondo. Perdo il suo sguardo. Tira un pugno al muro e la sua mano si mette a sanguinare. Vedendo la traccia che lascia, mi rendo conto che tutte le altre macchie marroni sul cemento sono state disegnate con lo stesso inchiostro. Un grido rauco le esce dal profondo delle viscere.

«Non mi hanno dato da mangiare!» urla.

Scandisce quella frase come un disco rotto, perde il controllo dei suoi gesti, colpisce da tutte le parti. Io non oso muovermi, né parlare. Al suo posto anch'io avrei bisogno di abbandonarmi alla rabbia. Allora le rivolgo uno sguardo dispiaciuto, senza un gesto. No, non dispiaciuto; piuttosto compassionevole. Comincio a conoscere le regole di qui: nessuno può essere dispiaciuto, non c'è spazio per tanto sentimento. Qui, ciascuno per sé, e Dio per nessuno. Mi tatuerò questa regola sul cuore, per continuare a sopravvivere in queste fosse delle leonesse.

La mia unica forza è che non ho paura di essere picchiata, perché non mi è mai successo. Non ho paura della violenza che ti riduce in briciole e che solo l'istinto animale può far emergere. Non ho mai incontrato la violenza, quella vera; nessuno ci ha mai presentate l'un l'altra. Ma non durerà. Ben presto si impossesserà di ogni parte del mio essere. Di solito l'ignoto non mi terrorizza; al contrario, mi eccita. Mi fa molto più paura quel che già conosco. La perdita, l'ingiustizia, le battaglie vane, il ripiegamento su di sé. Ma anche la routine, l'immobilismo, l'attesa. E qui, quanto ad attesa, mi daranno il ben servito.

Il rumore di un colpo di testa sul lavandino mi estrae dai miei pensieri. Stavolta è il suo naso che perde sangue. Mi metto a gridare anch'io: «*¡Ayuda! ¡Ayuda!*».

Non posso fermarla, ma non posso nemmeno lasciare che si ammazzi a colpi di muso sulla ceramica. Senza fretta, arrivano due guardie. Indolenti. Il quindicesimo «non mi hanno dato da mangiare» ha appena trafitto il silenzio e attende di dissolversi nell'aria come i precedenti, nell'indifferenza generale.

La mia compagna di cella viene portata in isolamento. Lavo via il sangue con una spugna e un secchio lurido, e continuo a chiedermi per quale motivo abbia saltato il pasto.

Io quando sento la voce della guardia che dice «*refectorio*» mentre apre la cella sento sempre una certa apprensione. Non ho voglia che una delle ragazze mi freghi il cibo. Siamo in otto in un metro quadrato lì, è difficile camminare rasente ai muri per non essere infastidite da nessuno. È l'unico luogo di Ventas dove nessuna prigioniera si comporta male col personale: non si perde occasione di fraternizzare con le inservienti perché ci facciano dare una mano nel servizio della mensa, nella speranza di racimolare qualcosa. Per esempio le briciole del pane tagliato, o i resti di minestra che rimangono attaccati sul fondo della pentola quando si aiuta a lavare i piatti.

Intravvedo la Yaya, un personaggio della prigione, sola in fondo al refettorio, allora vado a sedermi accanto a lei per carpire qualche informazione su quella storia del pasto mancato.

«Perché la mia compagna non ha potuto mangiare?»

«È il gioco preferito delle guardie, quelle merde.»

«Le hanno rubato la roba dalla gamella?»

«No. Alla fine del servizio, loro mangiano i tre quarti dell'ultimo vassoio e si mettono nel refettorio per godersi la reazione di quella a cui capita. Più la tizia dà fuori di matto, più la cosa li fa ridere.»

«Lei è arrivata tardi perché questa settimana lavora nella lavanderia...»

«Benvenuta a casa, *pajarito* caduto dal nido! E questo non è nulla rispetto a quello che succede lì.»

Mi indica col dito l'edificio adiacente al nostro.

«Qui sembra di essere vacanza, *camarón*! Dietro quel muro, ogni donna è pronta a tutto pur di sfuggire ai maltrattamenti gratuiti. Ne ho dovuti succhiare di cazzi e lasciare centomila pesetas sotto banco per passare dal quartiere delle posteriori,[1] quelle che hanno combattuto per Franco dopo che è salito al potere, a quello delle anteriori. Ma lasciare quell'inferno valeva il sacrificio... E sono l'unica a esserci riuscita, perché ho avuto un aiuto da fuori.»

Oggi sono sei mesi che sono qui. La Yaya è l'unica persona che lasci intravedere un grammo di umanità nelle sue parole. Eppure tutti la temono. Nessuno viene mai a rompere i *cojones* alla Yaya. Tutti la rispettano e la lasciano in pace per ottenere i suoi favori. Dietro compenso, naturalmente: niente è gratuito qui. Il che è logico perché tutto è difficile da ottenere, a parte le sigarette, ma qui costano tre o quattro volte più che fuori, e l'attesa è così lunga che diventa insopportabile. Mi fa uscire fuori di testa sapere che dei figli di puttana fanno la cresta alle nostre spalle sapendo perfettamente quello che dobbiamo sopportare qui...

Avevo solo trentamila pesetas nel reggiseno quando mi hanno presa, diventate quindicimila

[1] Le «posteriori» sono le detenute incarcerate per i loro atti di resistenza al regime franchista. Hanno una forte coscienza politica e sono repubblicane, a differenza delle «anteriori», imprigionate per delitti vari, nella maggior parte dei casi commessi prima della vittoria di Franco. [*N.d.A.*]

quando ho riavuto in mano i miei effetti personali. Me le sono fumate tutte.

La prima volta che crollo, quando scopro la remunerazione delle mie ore di lavoro, la Yaya mi salva con un libro, *Don Chisciotte*, di Miguel de Cervantes. Mi ricordo il nome perché mio padre si chiamava Miguel e beveva ogni giorno un bicchiere di vino chiamato Cervantes. Era un segno del fatto che quel libro avrebbe giocato un ruolo importante nella mia vita: insegnarmi a scegliere bene le mie battaglie e risparmiare le energie.

Guapita, la giovane guardia a cui le vecchie decane della prigione rifilano sempre il lavoro sporco, mi tende la mia busta paga. L'eccitazione mi fa andare quasi in trance: già vedo nuvole di sigarette che mi danzano attorno alla testa. Il tesoretto che mi aspetta se un giorno esco da qui. Mi immagino mentre spendo tutto quello che ho, andando di negozio in negozio, con un enorme cono gelato in una mano e un bel po' di sacchetti nell'altro. Non mi nego niente.

Mi basta un quarto di secondo perché il dito indice si posi sull'ultima riga. Una doccia fredda, gelata. Infilo il braccio attraverso le sbarre per afferrare la gola della guardia: stringerò, stringerò, e voglio vedere se continueranno a prendermi per il culo, quelle cagne maledette. Guapita indietreggia appena in tempo e corre ad aprire la cella della Yaya perché venga a calmarmi. È gentile da parte sua, avrebbe potuto spedirmi dritta in isolamento. Ma la mia rabbia spegne ogni buon senso.

In prigione, si può lavorare dieci ore a settimana. Quando sono arrivata non capivo come mai la maggior parte delle ragazze non cogliesse quell'opportunità. Quel che non sapevo, e a saperlo mi sarei risparmiata una crisi, era che qui siamo pagate quindici pesetas all'ora, ogni tre mesi, e che chi assume dichiarava nove volte su dieci la metà delle ore svolte da noi come fossero le sue. Avevo recuperato le ore della mia compagna di cella, con il consenso suo e della direttrice, dunque avevo lavorato duecentosessanta ore. Bilancio: 1.950 pesetas. Faccenda chiusa. Nove pacchetti di sigarette a 200 pesetas. 150 pesetas di erba. Avrei dovuto reggere con una razione di due sigarette al giorno.

Dopo aver mancato la carotide di Guapita, afferro la barra verticale della testata del letto e lo rovescio con violenza. Va a fracassarsi sul lavandino, le tubature si rompono nell'impatto e il pavimento si riempie d'acqua. La Yaya chiede a Guapita di aprire la porta della mia cella. Mi preparo a saltare addosso alla guardia, ma lei mi blocca con una presa da manuale. Sembra che possa prevedere ognuno dei miei gesti. Mi tiene ferma senza farmi male. Sono immobilizzata di fronte al muro, con le mani unite dietro la schiena: nessuna fuga possibile, e ho la guancia destra schiacciata contro la parete. Urlo, snocciolo gli insulti più atroci del mio repertorio in spagnolo. Quando mi lascia una delle mani, pensando di avere un'opportunità, provo a liberarmi con maggiore energia. Ma non riesco a muovermi di un millimetro. Allora smetto di urlare. La sua mano libera comincia ad accarezzarmi la testa, come farebbe una mamma col suo neonato.

«Ricordati di Don Chisciotte. Mai la lancia ebbe a spuntare la penna, *cariño*, né la penna la lancia... Respira. Chiudi gli occhi. *Tranquila... Tranquila...*»

È facile per la Yaya: anche chiusa qui ha accesso a tutto quanto c'è di fuori. Ha avuto il tempo di lavorarsi il sistema e crearsi il suo spazio, sono diciotto anni che sta qua dentro. Faceva parte della rete segreta che ha organizzato l'attentato fallito contro Franco. Tra quelli che sono stati arrestati, tutti gli uomini sono "scomparsi" e le donne sono finite dentro le carceri più dure. Se la Yaya è ancora viva, lo deve al fatto che sua sorella si è sposata con un pezzo grosso della Falange. Ha sacrificato la sua vita per la causa: infiltrata, beneficia di un accesso privilegiato a informazioni di ogni sorta, utili per gli oppositori di Franco, e utilizza le sue grazie come moneta di scambio per la clemenza di suo marito.

Quando sono arrivata in gattabuia, il comitato d'accoglienza nel cortile era per lo meno diviso. È arrivato un drappello di detenute, e non c'è stato alcun bisogno di presentarmi: tutte conoscevano Antonio, tutte sapevano che ero francese e che lavoravo per lui. Quelle che hanno per lui una passione sconfinata mi hanno subissata di domande indiscrete; le più diffidenti, invece, mi scrutavano, aggressive, quasi avessero di fronte un pezzo grosso della malavita. Io ero completamente smarrita, come fluttuante, e mi aspettavo che da un momento all'altro sbarcasse qualcuno a dirmi che c'era stato un errore, uno scambio di persona. La Yaya si è inserita nel cerchio come fosse la Regina Madre e le ragazze mi hanno mollata per lasciar posto alla *dueña.*

«Fatevi da parte, bimbe. Allora, la francesina sa dov'è finita o non si ricorda più nemmeno come si chiama?»

«Certo che so dove sono. So che da un giorno all'altro Antonio verrà a prendermi e a chiarire tutto. E questa merda sarà solo un ricordo.»

«Cos'è questo accento? Non sei più francese di me, tu! Come fai di nome?»

«Certo che sono francese! I miei genitori erano spagnoli, ma non li ho quasi conosciuti, e vivo in Francia da quando avevo sei anni. Le mie sorelle parlano spagnolo, tutto qui.»

«Ti ho chiesto come fai di nome?»

«Carmen Ruiz-Monpean. Vuoi anche il secondo e il terzo nome o ti basta così?»

«Carmen Ruiz-Monpean. E tu saresti francese? Che roba ridicola.»

«Non me ne frega niente. Un nome è come un tatuaggio sull'orecchio di una vacca: non ti dice se è addomesticata, se lavora bene e se è affettuosa. Ti dice solo il punto di partenza di una vita, non dice niente dell'essenziale.»

«Sei meno cretina di quel che sembra, sai, *camarón...*»

«Devo ringraziarti per il complimento?»

«Al contrario, qui mi sa che te la vedrai brutta, perché non hai proprio idea di dove sei finita.»

«Ti ho detto che non ci resterò a lungo.»

«Ah, no, in realtà sei proprio cretina come pensavo. *Coño*, adesso come minimo mi dice che non sa perché è qui...»

È stato lì che ho cominciato ad avere paura. Che la violenza ha trovato il varco nella mia anima per trasformarmi in bestia selvaggia.

Secondo la Yaya, Antonio usava la Casa Grande per riciclare il denaro della Toromafia, suscitando risentimento e invidie presso la gente del luogo, che moriva di fame e non si spiegava la sua impunità.

«La Toromafia?»

«Oh, cazzo, questa non sa proprio niente. Sarà il caso che ti svegli, *amor*, qui le cose vanno veloci. Appena esci dalla tua cella devi avere tutte le antenne tese. All'erta, *camarón*. Se no, ti sbranano viva.»

La Yaya mi ha detto che i traffici di Antonio erano un segreto di Pulcinella. Franco lo lasciava fare per non perdere l'unico matador che portava lustro alla Spagna al di fuori dei confini nazionali. Solo che Antonio aveva oltrepassato i limiti e a un certo punto perfino El Caudillo, il suo più grande *aficionado*, non aveva avuto altra possibilità che farlo arrestare.

«Se Antonio non viene, è perché hanno arrestato pure lui.»

«Se non viene, è perché è stato abbastanza furbo da filarsela quando ha capito che buttava male.»

Ascoltavo, appesa alle sue labbra, senza spiaccicare una parola.

«Quattro o cinque anni fa dalla Casa Grande è arrivata un'altra detenuta, una portoghese. Fortissima, non aveva paura di niente. Per dirti che la storia la conosco... Adesso mi dirai che tu rispondevi al telefono, organizzavi gli appuntamenti, ricevevi i pacchi, e non ti sei chiesta perché fosse così ben pagato e di cosa si trattasse...»

«Sì. E allora?»

«E allora? Cazzo, ma non ci credo! Da dove sei sbucata fuori, dal culo di un pollo? Rifletti un po', bambina. È facile far fare tutto a una che riceve la droga e i soldi delle scommesse, li mette in un luogo sicuro, o li consegna a destra e a sinistra... Quello stronzo assume delle gallinelle che poi si fanno la prigione al posto suo. Prima il *pastel de nata,* adesso te... *¿Me entiendes ahora?* Pazzesco... è stata la Francia che ti ha fatto diventare così tonta, *flaquita*?»

Ho serrato i denti.

«Si dice che droghi gli animali prima della corrida, con la complicità del veterinario. Dopa i cavalli e indebolisce i tori, e a volte il contrario.»

Ho stretto i pugni. Mi rivedevo nell'ufficio di Antonio. Rivedevo i nomi dei laboratori farmaceutici sui pacchi che mi passavano tra le mani: ne mettevo via uno, due, tre, un'infinità...

«Si dice che cosparga gli zoccoli dei tori di essenza di trementina. Il bruciore è così forte che sono costretti a muoversi per cercare sollievo e diventano molto aggressivi.»

Mi si è stretto il cuore. Mi sono rivista mentre correvo fuori dalla casa sentendo Léon che muggiva forte e Antonio mi faceva segno di non avvicinarmi al recinto dove iniziava l'allenamento della messa a morte.

Le lacrime che non ho versato in quel momento mi consumavano da dentro. La mia metamorfosi era iniziata. La Yaya mi preparava, mi educava, come avrebbero dovuto fare le mie sorelle, perché potessi imparare a combattere senza l'aiuto di nessuno.

Con la Yaya parliamo molto del regime, lei mi insegna la storia contemporanea di questa Spagna divisa, la cui economia diventa sempre più potente mano a mano che il popolo si indebolisce. Io evito di dilungarmi sulla mia storia, perché evocare il mio passato mi toglie il fiato.

«Non ricevi posta dalle tue sorelle?»

«Non sanno che sono qui...»

«*¿Dime?* Non lo sa nessuno?»

«Non mi va giù l'idea che i miei genitori e le mie sorelle mi abbiano guidata verso l'abnegazione, verso l'asservimento. Se mi trovo in questa situazione di merda è perché non potevo costruire la mia vita senza fondamenta. Il nostro esilio e il futuro che ci aspettava in Francia, alla fine, non erano per niente un regalo.»

«*¿Qué?* Non era un regalo? Povera bambina, ti hanno forse chiesto di non parlare spagnolo in pubblico? E quali altri durissime cose? Non ti davano il dolce quando non ti eri comportata bene? Ti meriteresti una sonora lezione. Ti lascio una possibilità di ascoltarmi prima di svitarti la testa, solo perché sei simpatica, ma devi smetterla di raccontarti quel che ti fa comodo, sennò non avrò pieta. Vado? *¿Lista?*»

«Sì. Ti ascolto, *mami.*»

«Allora, se non ti piace la vita che ti hanno offerto... *Escuchame*, se tu fossi rimasta in Spagna e fossi scampata alle bombe che hanno distrutto la vita di tanta gente, avresti avuto due possibilità. Che i tuoi genitori sopravvivessero era escluso, perché gli altri settantaquattro del loro fronte sono stati tutti ammazzati; anzi, i falangisti sono riusciti a trovare pure quelli che si erano rifugiati all'estero. Tu, che eri figlia dei perdenti, "nemica interna", saresti stata identificata come una di loro, dunque saresti stata torturata a morte per ottenere informazioni, oppure avresti dovuto vivere nascosta, in miseria, fino a perdere anche il ricordo dei tuoi coraggiosi genitori.»

Resto in silenzio, una vergogna glaciale mi paralizza la lingua.

«I marmocchi dei repubblicani che sono rimasti qui sono morti, oppure sono analfabeti perché hanno dovuto nascondersi invece che andare a scuola. I più giovani, i "recuperabili", venivano portati via, lontano da casa, rinchiusi in istituti dove venivano ingozzati, indottrinati di valori franchisti. Il minimo tentativo di resistenza era punito con indicibili castighi. E non hanno mai rivisto i loro genitori, esattamente come te.»

I rimorsi mi lacerano fino al midollo.

«Averti spedita in Francia è stato un atto eroico! Puoi essere davvero orgogliosa del coraggio che ha mostrato tua mamma sacrificando sé stessa sull'altare del futuro. Questo vuol dire essere una resistente.»

Di colpo mi è tornata in mente mia madre, mentre si allenava a sparare col fucile nel nostro campo di gelsi contro delle piramidi di barattoli che costruivamo per lei. Mi sono tornate in mente le risate che fiorivano quando tutto crollava prima del primo proiettile.

«E quindi ora scrivi alle tue sorelle e la pianti subito. Se la pessima fama di Antonio è arrivata oltre confine, immagina cosa gli stai facendo passare adesso, non facendo avere tue notizie. Da quando non parli con loro?»

«Quasi un anno.»

«*Coño,* è arrivato il momento di guardare le cose in faccia e smetterla di nutrire la tua rabbia con delle fantasie. Non dimenticare di scrivere un po' in codice, o la tua lettera non arriverà. Non una parola sulle condizioni di vita qui dentro, sui libri, sull'erba, su quello che riusciamo a far entrare da fuori. *¿Vale?*»

Non ho scritto quel giorno, ho lasciato che più di trent'anni di lacrime mi annegassero. Non sono andata a cenare al refettorio, come se la fame potesse aiutarmi a espiare la mia stupidaggine.

Durante la passeggiata della mattina dopo, la Yaya mi ha sollevato in fretta il camice per infilarci sotto un manoscritto. Albert Camus. Un libro francese che qualcuno aveva tradotto e copiato a mano. *La caduta.*

«Se quel Clamence è riuscito a cambiare il corso della sua vita, ci riuscirai pure tu.»

Le nostre celle, una dopo l'altra, formano un corridoio interminabile, un cammino gelido verso l'inferno: il cortile e la mensa. Siamo in due in ogni cella; in ciascuna ci sono due letti a castello e un lavandino che si aziona col piede. Era così anche da Madrina a Narbonne. Sento ancora nelle orecchie le risate infantili delle mie sorelle quando avevano capito che l'esercizio era più fisico del previsto, e mia sorella Rita che insisteva: «*Coño,* bisogna pompare come dei cinesi per avere un filo d'acqua! Alternate le gambe, *muchachas,* o i nostri polpacci tra un po' non saranno più simmetrici».

Non ho ancora trovato la forza di scrivere alle mie sorelle. E ben presto non potrò più farlo: il mio linciaggio è previsto a breve, per una storia di precedenza nelle docce.

Avevo la testa tra le nuvole mentre entravo nei bagni. Eppure lo so che non si deve mai usare la doccia numero quattro a partire da sinistra se Dolores è nello stesso gruppo. Ma quel giorno non mi ero accorta che era con noi, e non ci ho pensato. Sono entrata nella doccia e non ho avuto nemmeno il tempo di mettere la mano sul rubinetto che Dolores mi ha fatta girare su me stessa mettendomi una mano sulla spalla. Mi ha presa per i capelli e con tutte le sue forze mi ha rovesciato la testa all'indietro, facendomi inarcare la schiena. Ho sentito il dolore percorrermi il corpo. Aveva messo in scacco tutti i miei riflessi. Mi ha ritirato in avanti la testa, mi ha dato una ginocchiata in pancia, mi ha nuovamente tirato la testa all'indietro per prendere slancio e mi ha fracassato il naso contro la sua stessa fronte. Più tardi mi avrebbero raccontato che continuava ad accanirsi sul mio corpo anche se ero già a terra da un pezzo.

Dovevo sembrare un'orchidea vista dall'alto, stesa in mezzo a quella grande chiazza rossa sul pavimento bianco del bagno. L'acqua ne faceva evolvere i contorni, come un fiore in preda al vento. Ho perso conoscenza con quell'ultima immagine negli occhi.

Mi sono svegliata nella stanzetta attigua all'infermeria nel bel mezzo della notte. Sopra il letto c'era un grosso buco che dava sul cortile: non abbastanza grande per infilarmici dentro, ma abbastanza perché facesse parecchio freddo nello stanzino dove mi trovavo.

Dietro la porta a vetri vedevo un'infermiera che compilava dei fogli. Non la conoscevo. Riuscivo a fissare solo il fumo che si alzava dalla tazza che teneva in mano, e il pezzo di brioche posato accanto. Avevo fame. Volevo alzarmi e supplicare di avere qualcosa, anche un solo boccone per tutto il mio denaro, se necessario. Ma nonostante l'impegno che ci ho messo, non sono riuscita a sollevarmi. Il mio corpo era pesante come un'incudine e mi faceva male dappertutto. Ho cercato di chiamare, ma anche la voce non usciva. L'infermiera si è alzata dalla sedia. Sono riuscita a tendere un braccio, ma era necessario che si girasse verso di me per vedermi. Ho pensato alla cena che avevo saltato, avevo voglia di piangere. Ho tentato un penoso «*por favor*» che a malapena ha varcato la soglia delle labbra. Miracolo: lei lo ha sentito e ha aperto la porta. Si è seduta sul letto e mi ha fatto una puntura.

«Questo è un antidolorifico potente.»

Ha posato la siringa e ne ha presa un'altra. Seconda iniezione.

«Devi restare qui qualche giorno, hai sicuramente delle costole rotte, e anche il braccio sinistro. Per il resto penso siano solo ematomi.»

Mi ha fatta stendere di nuovo.

«Vedo se hanno qualcosa di liquido da darti al refettorio. Tu stai qua e non muoverti, ok?»

Quella specie di battuta le è scappata mentre già accennava un sorriso, come per scusarsi. Quella benevolenza, così rara qui, mi ha fatta sentire bene.

Mi sono sentita avvolgere dall'abbraccio della morfina, navigavo in un bicchiere di latte tiepido dove fondeva una pallina di cioccolato. Un morso della brioche ci cadeva dentro, e arrivava fino alla mia bocca; un gruppo di sirene danzanti, coi capelli intrecciati di fiori d'arancio, mi aiutavano ad afferrarla. Il loro profumo inebriante mi faceva galleggiare sulla superficie cremosa del liquido. Era così piacevole che mi sono addormentata.

Non saprei dire quanto tempo ci è voluto perché il mio corpo si riprendesse dall'aggressione di Dolores. Dormivo molto, e la mia pelle ha preso tonalità bluastre, dopo le profondità marine dell'inizio. Il tempo era lungo, non passava mai nessuno di lì. In quel posto ci vanno solo le ragazze che stanno per schiattare.

Ogni mattina la Yaya mi diceva due parole o approfittava della passeggiata per farmi una breve lettura dal pertugio vicino all'ingresso dell'infermeria: «A Dolores hanno appioppato otto giorni di isolamento per il casino che ha combinato. Ormai ti lascerà in pace. La vendetta non ripara un torto, ma ne previene cento altri»; «Ho un libro per te, ho pensato a quello che mi hai detto, leggendo queste righe: "La passione che quella madre aveva per suo figlio si esprimeva, non potendosi sfogare, in modo altrettanto aggressivo che se lo avesse detestato".[2] Fanne ciò che vuoi. Buona giornata»; «Puoi fidarti dell'infermiera. Fa' come se non te lo avessi detto, ma i suoi genitori erano rivoluzionari. È riuscita a farsi assumere con dei documenti falsi e credo che prenda appunti su tutto quello che succede qui dentro perché un giorno la gente sappia come viviamo qui».

Senza quel trucchetto di Yaya per comunicare con me, credo che mi sarei lasciata morire. Anche quando riusciva a sussurrarmi solo due parole, mi bastava per occupare il resto della giornata. Non aveva esagerato dicendomi che avrei trovato la mia salvezza nella lettura; appena aveva finito in un libro, me lo passava, ma le parole non penetravano in me; da quando aveva iniziato a leggere per me, invece, con quella sua voce così intensa, le parole formavano immagini dentro cui potevo saltare a piè pari. La mia quotidianità non era più la stessa. Le letture mi facevano crescere, mi permettevano di vederci chiaro. Mi ci rifugiavo, spesso, rubando uno dei ruoli per diventare un'eroina. Calzavo gli stivali di Don Chisciotte.

[2] Marguerite Duras, *Les impudents*, Plon, Paris 1943. [*N.d.A.*]

Ritrovavo la voglia di vivere nella speranza di sentire ancora il canto del mondo. Non a caso è stato alla fine della mia permanenza in infermeria che ho spedito la mia prima lettera a Cali.

Dopo una settimana buona stavo nettamente meglio. Riuscivo a mettermi seduta senza aiuto. Un giorno, mentre l'infermiera mi medicava le ferite, al di sopra della sua spalla, ho visto un'altra fetta di brioche sulla sua scrivania. Mi si è riempita la bocca di saliva. Non ero ancora in grado di masticare, ma non riuscivo a staccare gli occhi da quel cazzo di dolce, e lei se n'è accorta. Si è tolta il guanto, si è lavata le mani ed è andata verso lo scrittorio, poi è tornata con un caffè in una mano e una brioche nell'altra. Si è accovacciata davanti a ne. Ha preso delicatamente un pezzettino di brioche e me lo ha portato alle labbra. In un movimento maldestro, con la punta delle labbra ho preso anche la punta dalle sue dita, e sono stata a un passo dal dimenticare di mandare giù l'oggetto del mio desiderio. Era la prima volta che notavo che l'infermiera aveva dei seni, e una bocca.

Il pensiero del sesso tra quelle mura non mi aveva mai sfiorata. Pensavo che vivere lì avrebbe finito per annientare la mia attrazione per le donne. Peccato che a Ventas nulla va come potremmo immaginare. Un corpo che si spegne sotto i colpi può rinascere improvvisamente al contatto con un altro, al contatto con un po' di calore e di affetto.

Sono uscita dalla mia convalescenza diversa. In allerta. Indurita. E dipendente dalla morfina.

Quelle settimane di *tête-à-tête* quotidiani con la Yaya ci hanno avvicinate. Mi sentivo meno vulnerabile. Lei trovava che io scrivessi bene, e così mi faceva comporre le lettere delle detenute per le loro famiglie o per l'amministrazione. Ed era pagato meglio del lavoro ufficiale! Sceglieva le sue letture in funzione dei miei desideri, dei miei bisogni. Era murata viva dentro il suo pudore e le sue citazioni, ma era la mia guida.

Cali ha ricevuto la mia lettera e ha subito risposto. In francese, per maggior discrezione. Senza la Yaya non sarei mai riuscita a rimettermi da quella prima missiva: eppure iniziava bene, con la storia d'amore incredibile che Cali viveva con Ernest. Mi scriveva che avevano fondato una compagnia di danza insieme e cominciavano anche a esibirsi all'estero. Cali diceva che guadagnavano abbastanza per vivere della loro arte. Poi, con le pinze, mi spiegava che poco dopo la mia sparizione dai radar c'era stata una perquisizione al café. Il locale era stato messo sottosopra e Rita interrogata per ore. Un duro colpo per lei, tutta quella pressione e quell'incomprensione. Qualche settimana dopo i giornali avevano scritto che Antonio era ricercato per grossi traffici illegali. La stampa aveva nominato le persone coinvolte nei suoi intrallazzi, senza citarmi, e tutto il paese aveva pensato che io fossi fuggita con lui. Il mio dolore si è trasformato in rabbia.

Antonio... Tutti quelli a cui tenevo, tutti quelli che mi avevano aiutata a crescere erano travolti, feriti. Tutto ciò non sarebbe successo se io non avessi fatto di testa mia, sì... ma nulla sarebbe successo senza il suo impulso interessato, *hijo de puta.*

Ho capito tra le righe che Cali stava minimizzando l'impatto delle mie stupidaggini per proteggermi. La cosa mi ha devastata. Cosa ero diventata? Ero io che dovevo proteggere Cali, e non il contrario, cazzo!

Ho smesso di chiedere antidolorifici, rallentavano le fluttuazioni del mio pensiero: disertare, dormire, era tutto ciò di cui avevo bisogno.

Spesso, quando Franco parlava alla radio, gli altoparlanti del cortile diffondevano la sua voce e le guardie si radunavano fuori per ascoltarlo. In quelle occasioni autorizzavano le detenute a stare lì anche loro per abbeverarsi alla buona parola del Caudillo. Tutto era buono per tentare di far entrare i suoi precetti nelle nostre capocce. Un silenzio religioso era d'obbligo, in quei momenti, e il cortile assumeva un'aria quasi sacra. Tra le leccaculo e quelle che avrebbero fatto qualsiasi cosa per qualche minuto di sole in più, eravamo in poche a rimanere in stanza. Non incrociavamo mai le posteriori, c'era il pericolo che ci cooptassero con le loro idee comuniste... Ma quando la voce di Franco risuonava, le loro voci la sovrastavano. Prima le sentivamo urlare slogan rivoluzionari, poi questi erano coperti dalle urla di dolore seguiti ai colpi secchi delle frustate. Nel frattempo, rapidamente, io e l'infermiera facevamo l'amore. Lei mi procurava di che anestetizzarmi il cervello. Me lo portava e se ne andava. E quando non veniva lei, Dolores mi vendeva della cocaina.

Se la Yaya fosse venuta a saperlo, mi avrebbe strappato la pelle...

Poi il mio corpo ha recuperato colore e mobilità. E non sono più andata a cercare cure, e nemmeno a cercare uno svago attraverso il piacere. La dolcezza del nostro segreto è svanita per lasciare spazio in me a una nuova ossessione destinata a rivelare tutta la mia oscurità: la droga.

Quando il portone della prigione mi si è aperto davanti, devo ammettere che immaginavo pretenziosamente che le mie sorelle e Madrina sarebbero state lì fuori, sollevate, magari arrabbiate, ma commosse di vedermi. La droga è più bugiarda di un cavadenti. Invece c'è solo Cali, come una piuma nel vento, in piedi nel mio campo visivo, minuscola davanti a quel mastodonte che è la prigione di Yeserías, dove siamo state trasferite quando Ventas è stata chiusa. Sorride. Quando mi vede si mette a correre verso di me come una matta, scavalcando gli ostacoli senza togliermi gli occhi di dosso: un missile proiettato verso il suo obiettivo. Temo l'urto all'impatto, ma bisogna conoscere mia nipote, così saggia, così posata. Si ferma di colpo per guardarmi dalla testa ai piedi, turbata. Sarà la mia magrezza forse: devo essere cambiata dalla sua ultima visita, e non solo fisicamente. Poi si slancia verso di me, mettendomi un braccio attorno alle spalle e l'altro attorno alla testa. Ripenso a tutte quelle volte in cui mi ha chiesto: «Ci misuriamo?» e poi mi si è incollata contro, in piedi, per utilizzarmi come unità di misura. Mettevo la mano sul suo piccolo cranio e misuravo con i riferimenti più diversi: «Perdinci, hai superato il neo che ho sotto l'ombelico, mia cara!», «Ma guarda un po'! Ne hai mangiata di minestra quest'ultimo mese, eh, mia *nena*? Guarda! Se continui così, la settimana prossima mi arriverai al petto».

I suoi occhi così eccitati all'idea di crescere, mentre indietreggiava per misurare la distanza tra il pavimento e la mia mano ferma di piatto, mandavano la stessa luce, la stessa energia di speranza che trasmettono oggi.

Solo che stamattina io guardo gli occhi di Cali dal basso, ormai mi supera di una testa abbondante. E da sette anni a questa parte sono le sue braccia che vengono in soccorso a me, dopo che per tanto tempo le mie sono state un rifugio per lei, il mio orecchio un pozzo senza fondo in cui poteva riversare le sue domande e le sue pene, la mia presenza una consolazione all'assenza dei genitori quando il café era pieno di gente. È sensibile, mia nipote.

«Se lavorano tanto è per tutelarti, Cali. Per costruirti un futuro, perché possiamo tutti mangiare a sazietà, per poter pagare le tue lezioni di danza, di pianoforte e anche le mie... stupidate!» Sapevo come guarirla da tutti mali: con le risate, e con i miei incoraggiamenti, uno per ognuno dei suoi sogni.

Di fianco a me la sua esistenza aveva un senso. Oggi subisco una crudele inversione dei ruoli. Mi sento debole, con Cali nel ruolo di aiutante e io in quello in cui più temevo di trovarmi, quello dell'assistita.

Apro le danze: «Non sono venute, le vecchie?».

«Cita, hai quattro anni di differenza con mia madre, smettila un po'...» risponde Cali maliziosa, con un sorriso fisso sulle labbra.

«E lui chi è?»

«Ah, scusa, pensavo che lo conoscessi. Vive con noi da sei anni. È il nostro angelo custode. Ti racconterò.»

E il tizio resta lì senza dire una parola.

«Chiunque tu sia, ti spiacerebbe dire almeno un buongiorno, o ti casca la lingua?»

Lui non risponde. Cali reagisce con un gesto di disapprovazione. Sto per perdere le staffe, mi sento sfinita, avrei bisogno di una bella sniffata per rimettermi in sesto. Gli incartamenti sono stati così lunghi che non ho preso niente da stamattina e ora tremo. Ho paura che Cali se ne accorga e cerco penosamente di ritrovare la calma. E poi, all'improvviso, un flash.

«Sei il piccolo Escouto? Il figlio di Violette?»

Escouto accenna un sorriso. Fatico a crederci. Non somiglia a quello che ricordavo, anche se l'immagine che ho in testa è tutt'altro che nitida. L'ultima volta che l'ho visto doveva avere dodici anni e io ventuno. E io che lo sgrido perché non mi saluta! Escouto sa pronunciare solo il suo soprannome ovviamente: *Escota quand plóu.* Che bellissimo uomo è diventato! Il suo aspetto gitano gli dà una sicurezza e una mascolinità impressionanti per chi conosce ciò che ha passato. Ero la sua tata appena Violette riusciva a scappare da casa sua, con Rita, nove volte su dieci. Accettavo sempre volentieri perché andava d'accordo con

Cali: io la tenevo spesso, e la loro complicità mi facilitava il lavoro. Mi faceva tenerezza quel bambino. Cali aveva cinque anni di meno, ma a lui faceva piacere giocare con lei, insegnarle a scrivere, prendersene cura. Rita diceva spesso a Violette: «Ha un gran cuore, tuo figlio. Un cuore puro. È una specie di piccolo padre per Cali». Ogni volta che pronunciava quell'ultima frase, Escouto se ne andava in camera sua. Per lui essere definito un "padre", per quanto "piccolo", era pur sempre un insulto. Aveva conosciuto un solo padre, e pensava che fossero tutti come il suo. In apparenza sano, ma impenetrabile, aggressivo, iracondo. Sul viso di Escouto, potevo leggere tutto ciò che lo tormentava.

Ma cosa diavolo ci fa, qui, Escouto? È scomparso da tanti anni... Non me lo aspettavo proprio. Da un giorno all'altro non abbiamo più avuto sue notizie. Ha lasciato la casa di famiglia all'alba dei suoi quindici anni senza dire una parola. E dubito anche che suo padre lo abbia mai cercato. Si parlava di lui a Narbonne. Madrina aveva sentito dire una volta che Escouto se n'era andato con una ricca ereditiera, un'altra volta che si era suicidato. Altre volte le malelingue dicevano invece che era sempre nei paraggi, vivo, nascosto alle porte di Narbonne a fare marchette ai notabili della città...

È venuto a prendermi vestito in modo stranamente elegante, Escouto, a differenza di Cali, che comunque non ha bisogno di quello per essere bellissima.

Lui ora ha i tratti di sua mamma. Ho pensato a

lei, a Violette, quando la Yaya mi ha fatto leggere *Carmen*. La giornata si annuncia importante. Comincerà con diverse ore sulla Peugeot 404 per poi terminare col mio faccia a faccia con La Terrasse e la sua fauna.

Sento dei formicolii in tutto il corpo. Non ho potuto portare nulla con me, uscendo da lì, con quella maledetta perquisizione finale... Chiedo a Escouto di fermarsi al primo bar lungo la strada.

La bettola in cui ci fermiamo non ha un aspetto invitante. Entriamo.

«Cosa prendi, *cariño*?»

«Una *chufa*, va'!»

«No, ma aspetta, dopo sette anni di gattabuia... Prendi un *tinto* con me, *mi amor*! Per favore.»

«Cita, ho tre esibizioni questa settimana, e il vino mi appesantisce per giorni...»

La mia delusione è visibile: una piccola freccia nel cuore benevolo di Cali; una grande freccia nel mio, anche se manipolo sapientemente le mie reazioni per rendere la mia sete meno sospetta.

«Ok, vada per una birra! A te, mia Cita. Alla tua seconda vita che inizia da oggi!»

Brindiamo, Escouto con un bicchiere d'acqua. Io bevo un bicchiere con Cali, poi mi scolo due bicchieri di bianco, tutti d'un fiato. Il liquido si porta via i sintomi dell'astinenza e li imprigiona in fondo allo stomaco. La mia faccia è salva, almeno per qualche ora. Escouto sembra tenermi d'occhio. Pare sorpreso da quello che ho buttato giù. Cali, già ubriaca, non si è accorta di nulla.

Abbiamo appena superato Perpignan quando mia nipote chiede a Escouto di fermarsi per venire vicino a me sul sedile posteriore. Quando la macchina riparte, mi prende la mano.

«Dovrai essere paziente con Rita e Leonor, *tía*. Se sono stata l'unica a venirti a trovare in prigione non è solo perché gli hai mentito... Il contraccolpo dopo il tuo arresto è stato molto violento. Ernest e io eravamo spesso in tournée, dunque non potrò raccontarti tutti i dettagli, ma c'è stata una perquisizione al café, come ti ho scritto in una delle mie lettere... e hanno dovuto rispondere a degli interrogatori della polizia spagnola. Leonor, Madrina, Titougne... perfino Meritxell. Per questo il café è rimasto vuoto per alcuni mesi, fino a quando le cose si sono messe a posto... Allora puoi immaginare quanto siano arrabbiate le ragazze? E farai il possibile per farle calmare?»

Le parole di Cali mi si arrotolano attorno al collo e stringono fino a soffocarmi. Vomito sporgendomi fuori dal finestrino, appena in tempo per non rovesciare su Cali l'espressione più concreta del mio senso di colpa.

Rita è stata tirata fuori dal letto *manu militari* alle cinque del mattino da una squadra di poliziotti, sbirri francesi e militari spagnoli. Lei e André sono stati violentati. Escouto arrossisce di rabbia sentendo ricordare quella brutalità. Solo mia sorella ha passato una giornata in prigione, tutti gli altri sono stati interrogati a bruciapelo al café o in paese. Sono raggelata. Eppure sudo. No, non voglio che si fermino, non mi farebbe del bene. Ma una striscia di cocaina per non vedere più la terra che gira al ritmo dei miei errori, quella mi farebbe proprio bene, invece.

I sette anni che sono passati non hanno guarito il trauma, ma farò di tutto purché capiscano: in fondo, anche io sono solo una vittima.

L'arrivo a Marseillette si avvicina pericolosamente. Ripasso uno a uno i protagonisti della mia prima vita per individuare chi potrebbe portarmi della droga senza sollevare polveroni. Sbevazzare aiuta, ma non mi basta a mettere tutta la mia vita sotto un tappeto. La cocaina invece mi rende forte, fa scintillare così tanto il futuro che il presente e il passato scompaiono nella sua luce accecante. L'eroina mi dà un sollievo diverso: mi aspira vero gli abissi dell'oblio, là dove i pensieri si spostano prima di essere comprensibili.

Ormai bisognerà guardare in faccia il cataclisma che ho generato, senza l'aiuto di una sostanza psicotropa. Non ho scelta.

Il café è chiuso. Eppure sono solo le dieci di sera. Entriamo dalla porta della cucina, Rita sta facendo i conti, André e Madrina cuciono nell'angolo dei divani, Leonor taglia delle mele per le torte. Il silenzio è pesante quanto le nostre comuni preoccupazioni, palpabili appena varco la soglia.

Le mie sorelle sembrano scioccate dalla mia magrezza. Reprimono quello che sembra uno slancio di compassione e spazzano via quell'emozione con un gesto deciso, per servirmi invece sul piatto una rabbia fredda. Il soffio della pentola a pressione sul gas è l'immagine più efficace di quel che freme dentro di loro. André non alza gli occhi dal suo lavoro.

Le lacrime mi inondano il viso. Mi sento diventare minuscola, tengo la testa bassa e mormoro: «Mi dispiace...».

Mi vergogno di pronunciare quelle parole, così misere, di fronte alla montagna di dolori che le mie sorelle devono perdonarmi.

«Vai a riprendere una sembianza umana, ne parleremo quando avrai un aspetto migliore. E ritieniti fortunata che Escouto abbia deciso di restituirti la tua camera...»

Mortificata, penetro nel mio antro. Non ritrovo niente di familiare, a parte il boccale di Saint-Amaux, ancora pieno. E il pappagallo Coco, piazzato lì in attesa che la sua infezione agli occhi guarisca, perché la mia tana è l'unica stanza del café orientata del tutto a nord.

Non riesco a godermi il momento, obnubilata come sono dall'astinenza. Sullo scaffale c'è un avanzo di sciroppo per la tosse a base di codeina: mi bevo il contenuto del flacone tutto d'un fiato e mi addormento vestita.

L'indomani mattina salgo su un autobus per Carcassonne. Non ho alcuna difficoltà a trovare della droga: basta abbordare dei visitatori che aspettano davanti alla prigione, a caso.

Sulla strada di ritorno, compro dei fiori per le mie sorelle. La cocaina ricomincia a non farmi dubitare più di niente. Ma non dura mai molto a lungo.

«Dove vai con le tue rose, ingenua? Tienile per te, le tue fottute rose. Non ti basterà certo un bouquet per sistemare il casino che hai fatto; ti serve una spianata di fiori, tonnellate di fiori! Fatti venire in mente qualcos'altro, perché se è con le rose che conti di riscattarti, non ne hai i mezzi.»

È evidente che Madrina non è pronta ad accettare il mio *mea culpa*. Leonor e Rita ancora meno. Metto il bouquet davanti alla porta di Titougne. Magari lo farà fantasticare su uno spasimante segreto...

Passo i primi due giorni in camera con Coco senza osare uscire. Sniffo. Leggo. I regali della Yaya. Il pappagallo mi fissa, imitando la voce di Rita: «Attenzione piatto caldo! Tre polli alla basca!». Cali mi porta da mangiare, Escouto passa a trovarmi. La cocaina mette un velo sulla crudeltà dei danni che ho causato. Spero che Leonor e Rita saranno contente di vedere che le ho sollevate da diverse ore di lavoro facendo tutti i bagni e le stanze del piano. E domani ricomincio.

Pare che le mie sorelle rifiutino il confronto tanto quanto me. Ma non potremo evitarci in eterno. Schiviamo gli argomenti per i quali potremmo finire ostaggio dell'emozione. In questa famiglia facciamo fatica a sfogarci, a metterci a nudo. A volte mi spiace.

Qualcuno bussa alla porta. Mi stupisco. Da quando sono entrata qui, a parte Escouto, nessuno è venuto a trovarmi, ma comunque lui non arriva mai a quest'ora. Eppure è proprio lui. Lo faccio entrare. È preoccupato, lo sento. Gli tendo una matita e un libro.

«Scrivi qui, poi cancello io.»

Di colpo, cercando di attirare l'attenzione, Coco fa lo stesso movimento con la testa che faccio io quanto sniffo una striscia, facendo il rumore del naso che tira su, naturalmente. Non ne perde una, quello stronzo! Il libro e la matita cadono dalle mani di Escouto. Coco ripete una seconda volta la sua imitazione. Poi una terza. Escouto stacca lo sguardo dal pennuto per fissarlo su di me con furore. Si mette a frugarmi nella borsa come un pazzo, strappa le lenzuola dal letto, ribalta il materasso, come fosse invasato. Poi mi prende la giacca, tira fuori la cocaina, apre il minuscolo sacchetto e ci sputa dentro. Mi prende la mano, ci mette il sacchetto, mette la sua mano sotto la mia e me la porta la naso. Giro la testa, resisto. Lui mi molla bruscamente e raccoglie matita e libro da terra. Scrive: «Non ti lascerò fare di nuovo del male a Rita. E nemmeno a te stessa». Ho appena il tempo di leggere che Escouto prende la droga nell'incavo della mano, mi afferra per il braccio e mi fa attraversare il corridoio per piazzarmi davanti al grande specchio che sta in fondo all'albergo. Poi mi spinge davanti alla tazza, mi ridà il sacchetto, alza la tavoletta del water e mi dice severamente: «*Escota quand plóu*».

Ci butto la droga dentro. Escouto tira l'acqua e mi fa uscire spingendomi. La sua rabbia non accenna a scemare. Mi prende per le spalle e mi mette davanti allo specchio. I miei occhi pieni di vergogna cercano i suoi, per capire cosa si aspetta da me. Lui mi scuote sempre più forte e continua a mostrarmi lo specchio. Guardo. Non mi vedo. Lui mi solleva il mento, senza smettere di strattonarmi, e ancora mi costringe a guardarmi. Ormai sta urlando.

«*Escota quand plóu! Escota quand plóu!*»

Guardo. Mi vedo. Stavolta lo specchio mi rimanda la mia immagine, crudelmente, onestamente. Non mi riconosco. Vedo la malattia e la morte, che si prendono gioco della gioia e dell'amore, divenuti fantasmi. Sono brutta, sporca, patetica.

Escouto mi riporta in camera, esce dalla porta che dà sulla strada e torna con una corda. La avvolge con la sua sciarpa, mi avvolge dentro le mani e mi lega a una sedia. Se anche con il suo aiuto brutale non mi libero di questa merda allora non ci riuscirò mai più.

Escouto condivide il mio segreto col dottore per approfittare con discrezione del suo aiuto. Annunciano di concerto ai miei che devo rimanere isolata e non posso uscire dal mio letto se non in caso di necessità; non so di quale male io sia affetta nella versione che è stata data ai miei. Cali ha detto loro tutto sui miei anni di assenza: in nove ore di auto tornando da Madrid ho avuto il tempo di parlare liberamente e rispondere a tutte le domande che le avevano assalite, lei e le mie sorelle. Dalla Casa Grande fino alla prigione, Cali mi ha chiesto di raccontarle tutto nei minimi particolari. Quel momento di scambio è stato tanto doloro quanto potente.

Cali mi ha assicurato che le mie sorelle avevano già capito molte cose, ma che dovevo lasciare che il tempo facesse il suo lavoro. Dovrò essere in forma per la riunione familiare destinata a rimettere le cose a posto. Non sarà facile, ma Cali è convinta che tutto si sistemerà più in fretta di quanto io non creda.

Quando riesco a uscire dal letto, è sempre per

rivelare il meglio di me stessa. La droga ti rende stupido, ma anche l'astinenza fa lo stesso. Le mie sorelle mantengono la loro corazza gelida di fronte ai miei timidi approcci e la mia goffaggine eguaglia la mia mancanza di lucidità. I surrogati non servono a niente.

«Perché non leggi, Rita? Perché non ci sono libri al café? Potreste cercare di elevarvi un poco...»

Rita mi pietrifica con uno sguardo. Cerco di metterci una pezza, confusa.

«Scusa, scusa, *mamita*, non sto ancora bene, non sono in forma.»

«Elevarsi coi libri è uno sport da ricchi. La ricchezza più grande è poter usare il tempo come si desidera. Quella, mi è sempre mancata. Così io mi elevo coi miei clienti, e mi arricchisco con quello che possono insegnarmi loro, e la cosa mi va benissimo anche così. E comunque, *coño*, nella mia stanza c'è tutta l'opera di Shakespeare, rilegata!»

Sono bella che sistemata, e anche contenta, perché da quando sono qui non mi aveva ancora rivolto una serie così lunga di parole messe tutte in fila. E ci mette l'intelligenza e la parlantina che me la fanno ammirare così tanto.

«Ah, sì? E che ci fai con tutta l'opera di Shakespeare?»

«È stato al tempo in cui guadagnavamo bene e il venditore mi aveva fatto pena... mi era venuta voglia di aiutarlo. Poi mi ero detta che prima o poi sarebbe tornata utile. E, guarda un po', non mi ero sbagliata.»

«Gli unici libri disponibili in prigione erano fatti per rovinarci il cervello con l'apologia di

Franco, ma la mia amica, la Yaya, mi trovava quel che volevo da leggere. Ho letto molto. Per me che parlo poco, e che non mi interessavo a niente e a nessuno, è stato un modo per rimanere viva. Per non lasciarmi andare ai pensieri brutti che mi assalivano.»

Il riferimento a quel che ho sofferto non la smuove. Mi sembra di intravedere un barlume di orgoglio, invece, quando mi sente dire che ho approfittato della prigionia per istruirmi. Da noi, gente di campagna, è un sogno potersi vantare di avere un intellettuale in famiglia, come se questo per contagio legittimasse il resto dei parenti.

«E il libro di Escouto lo hai letto?»

«Di che parli?»

«Vedi, io che non mi "elevo" coi libri, però l'ho letto. E potrei scommettere che il mio piccolo scrittore non ha niente da invidiare a quel mattone che sta in camera mia! E sono sicura che se anche tu ti interessassi un po' a quello che hai, invece di guardare sempre quello che ti manca, o che ci manca, e ti accontentassi un po', capiresti che non sei poi così sfortunata.»

«Hai ragione, e ti prometto che ci lavorerò per smettere di farvi pagare tutti i miei mali. Sono consapevole della fortuna che ho ad avervi tutte... tutti... Ma spiegami un po', di che libro si tratta?»

«Non è proprio un libro, è una specie di diario personale, o di taccuino di viaggio. Racconta la sua vita quotidiana sulla *SS United States*, lui è stato lì per tutto questo tempo. Ed è incredibile come le sue parole riescano a trasportarti lì!»

Escouto esce dalla cucina mentre Rita finisce la

frase. Deve aver sentito per forza, ma non lascia trapelare nulla.

«*Escota quand plóu*», dice.

Tanto per cambiare. Dato che non riesco a capire cosa vuole dire, lancio uno sguardo interrogativo a mia sorella.

«Ha un appuntamento. Impara ad ascoltare un po', Cita! Le persone dicono più cose con il corpo o il tono della voce che con la lingua.»

«Dipende», rispondo d'impulso, con aria birichina.

Rita si lascia scappare un sorriso che acchiappo al volo e che mi dà le ali per il resto della giornata.

Quando torno in camera, c'è un nuovo libro sul mio letto, è quello di Escouto. Ha una grafia delicata nel suo diario, molto più curata di quando deve scribacchiare a tutta velocità. Non resisto e mi metto a scorrere con gli occhi alcune annotazioni.

12 novembre 1957, Le Havre

Stasera mi sono imbarcato sulla SS United States, *la nave più grande e veloce della storia. Per sfuggire il più rapidamente possibile alla mia, di storia.*

13 novembre 1957

Bisognava vederlo ieri, il mostro che solcava l'oceano. Maestoso. Invincibile. Nessun bisogno di usare la forza per imporre la sua imponente presenza.

14 novembre 1957

L'equipaggio è costituito da circa mille persone. I passeggeri sono più del doppio. La SS United States *è una piccola Babilonia dove non manca nulla e l'organizza-*

zione è più precisa dello spartito di un'orchestra. Ognuno di noi è l'ingranaggio di un meccanismo tanto impressionante quanto fragile. Il ritmo della vita a bordo è frenetico per tutti, a eccezione dei quattro musicisti del gruppo jazz, che suonano solo sei ore al giorno. Al di fuori dell'orario dei concerti, si bevono quel che hanno appena guadagnato... e giocano. Passo più volentieri il mio tempo con loro che coi miei colleghi lavapiatti. La loro poesia mi affascina, la loro musica mi rilassa. Li trovo anche divertenti, ricchi come sono di un'esperienza di viaggio che io non ho ancora: ascoltarli stuzzica la mia curiosità. La metamorfosi che avviene in loro quando il giorno sprofonda lentamente nella notte mi commuove: divertenti e leggeri sotto al sole, oscuri e torturati quando il cielo si copre di ematomi. Frank Sinatra. E Billie Holiday. Sarà quella musica a incupirli, o è stato perché loro erano cupi che quella musica li ha attirati a sé?

16 novembre 1957

Le luci di New York scintillano da lontano come se mia madre si fosse sparpagliata in mille piccole stelle per guidare il mio destino.

24 novembre 1957

Tutto l'equipaggio sarà vaccinato contro l'influenza asiatica. A me hanno fatto l'iniezione prima e ho così scoperto che sulla nave c'è un dottore. A tempo pieno, come noi. All'inizio la cosa mi ha sorpreso, poi mi sono detto che era del tutto logico. Come mai non ci ho pensato prima? Abbiamo due cinema e una piscina, è chiaro che abbiamo anche un'infermeria. Ma è così grande, la nostra nave, che potremmo viverci degli anni senza visitarne certe parti.

Il dottore non si capacitava delle mie competenze quando gli ho fatto la lista delle affezioni che avevo curato da solo dalla mia partenza. È un regalo di mia madre: già quando ero piccolissimo mi insegnava nel dettaglio come medicare ogni sorta di ferita. Da arma da taglio: «Non si sa mai che incontri si fanno in città». Da bruciatura: «Se magari diventi saldatore...». Dall'ustione alla ferita profonda, passando per gli ematomi, il mal di testa, la nausea e le crisi d'angoscia, aveva una ricetta della nonna per guarire tutti i mali. Quando mio padre non è più riuscito a commettere le sue barbarie in silenzio, ho capito ciò da cui mia madre voleva davvero proteggermi trasmettendomi le sue conoscenze.

21 dicembre 1959

La notte è stata caotica e nessun membro dell'equipaggio ha chiuso occhio. Il mare era così grosso che ci siamo preparati a tutti gli scenari, anche i peggiori. Tranne questo. Un incendio in cucina, nel bel mezzo della tempesta. La SS US *ha concluso il suo viaggio a Southampton e non arriverà a New York prima di diverse settimane, il tempo necessario per riparare tutto. Bisognava vedere che folla di musi lunghi quando abbiamo fatto sbarcare i passeggeri... Il borghese non sopporta che gli si opponga resistenza, anche quando a imporgli la sua volontà è una nave di trentamila tonnellate, ed è persino disposto a togliersi il cucchiaino d'argento dalla bocca per potersi lamentare meglio.*

5 gennaio 1960

Il medico della nave mi ha annunciato che passerò due settimane con lui all'ospedale militare di Netley, vicino a Southampton. Comincerò lì la mia formazione come infermiere e dalla prossima partenza sarò trasferito nell'infermeria di bordo. Quando ripartiremo, con questo cambiamento di mansione, avrò un aumento del trenta per cento dello stipendio!

3 gennaio 1961

Louis, il pianista de gruppo jazz della nave, mi chiama Muso Bianco. Accanto alla sua pelle d'ebano, in effetti, la mia sembra piuttosto pallida. È diventato il mio migliore amico. Lui mi apprezza molto, ma è la droga la sua migliore amica. Devo tirarlo fuori da quella storia prima che lei me lo porti via per sempre, come fa il mare coi marinai imprudenti.

7 febbraio 1962

La notizia si è diffusa subito, come una nuvola di farina. The Big U, stasera, avrà i favori della donna che il mondo intero desidera. La voluttuosa Marilyn Monroe sale a bordo a New York e viaggerà tre giorni con noi. C'è testosterone nell'aria e crisi di gelosia agitano il fondo delle cabine.

8 febbraio 1962

Ho incrociato la star stamattina, scortata da due energumeni incaricati di garantire la sua sicurezza e soddisfare i suoi capricci. Mi ha lanciato uno sguardo divorante, intrusivo. Io ho distolto il mio. Ho pensato a Carmen. Ci sono sensualità che non hanno bisogno di alcuna aggiunta. Quella di Carmen, senza dubbio, è così.

6 giugno 1962

Sulla nave è arrivato un bagnino originario del quartiere gitano di Narbonne. Ha notizie di Rita, di tanto in tanto, e la cosa mi scalda il cuore. È stato con lei e con i suoi che ho conosciuto i momenti più dolci della mia esistenza. La sua presenza spegneva le braci, il suo entusiasmo sollevava mia madre, mi faceva stare bene. Eravamo una bella squadra, Rita, André, Cali, Carmen, mia mamma e io. Quando mio padre non c'era.

Il bagnino mi ha dato il permesso di provare a nuotare stamattina. Era una scommessa rischiosa, ma c'era parecchia gente e nessuno si è accorto di nulla. L'ultima volta che ho messo le chiappe in acqua è stato a Narbonne-Plage con mia madre, Rita e i suoi. Avevo una decina d'anni, Cali non mi mollava la mano e io sognavo che fosse Carmen a prendere la mia. Mia madre rideva come una pazza sentendo Rita che mimava non so più che scena... Mi ricordo le fossette che le si disegnavano sulle guance e i suoi occhi: piangeva dal ridere. Dopo quei minuti di pura felicità, mi sono abbandonato all'acqua, lasciando che il bagno mi rilassasse tutti i muscoli. È stato in quel momento che ho avuto una crisi di panico. Ho sentito la voce di mia madre che cantava il mio nome in un singhiozzo. Avevo paura di rimanere senza fiato, ma tutto il mio corpo rifiutava di risalire in superficie. Il canto di mia madre, come quello di una sirena, mi tratteneva sul fondo. Louis si è immerso e mi ha portato fino al dormitorio, o forse è stato il bagnino... Non ci vedo più molto chiaro stasera. Speriamo solo che nessuno abbia notato nulla.

1° novembre 1962

Mi piace stare sul ponte quando la nave si avvicina a New York. Se hanno bisogno di rinforzi per servire le coppe di champagne mi infilo un abito elegante, salgo su e sto lì fino allo sbarco. Conosco ogni punto del percorso e potrei disegnare la cartolina del paesaggio in cui si svolge. La nave-faro che segna la frontiera delle acque territoriali dell'America. Poi la statua della Libertà. E infine quella vertiginosa distesa di tutti i possibili. Nove volte su dieci, quando passiamo uno o due giorni attraccati, resto a lavorare a bordo. Ma ieri ho passeggiato in città per ore, fino a perdermi. Arte e denaro sono ovunque. Le diseguaglianze e il razzismo sembrano ancora più presenti che da noi, eppure tutto è in movimento. C'è un'energia pazzesca nell'aria, l'atmosfera è galvanizzante, si respira speranza a ogni angolo di strada. Sono tornato sulla nave ebbro di libertà.

9 febbraio 1963

Penso ancora a Carmen. È sempre il suo viso quello che mi appare quando da solo, sul ponte della nave, insonne, penso all'idea dell'amore. Non ci penso mai come a una possibilità... Piuttosto come a un sogno, oppure a un film. Allora invoco gli dei dell'oceano perché conducano i miei pensieri dall'altra parte del mondo... ed è sempre a Carmen che penso. Alla ragazza che è stata e al bambino che ero, e che ho ucciso. Al fuoco che mi incendiava il cuore quando ero piccolo e lei entrava in casa nostra. A quanto erano ridicoli i miei turbamenti verso un'adulta che mi coccolava come se fossi un bebè. Al profumo di acqua di Colonia spagnola a buon mercato che emanavano i suoi capelli. Darei un rene per annusare quell'odore ancora una volta. Per rivedere Rita e André, darei anche cinque o sei denti...

N.B. *Devo stare attento, comincio a ragionare come un pirata. Ah ah!*

20 marzo 1963

Tremo con tutto me stesso se penso che sotto i miei piedi il capolavoro di Leonardo da Vinci ci accompagna verso New York. Spero che non soffra il mal di mare. E così eccoci ancora più orgogliosi e impegnati di quella volta in cui il presidente Kennedy ha soggiornato nel nostro palazzo galleggiante. Spero che un giorno avrò dei nipoti per raccontare loro tutto questo.

21 marzo 1963

I colossi che il museo del Louvre ha inviato per sorvegliare la Gioconda *si sono dileguati. Le bottiglie vuote che abbiamo ritrovato sotto la tenda dietro cui è nascosta la tela ci hanno messo la pulce all'orecchio. Non si saranno mica buttati in mare, quegli scagnozzi, ubriachi fradici? In passato altri, scomparsi, sono stati ritrovati, di ritorno da Le Havre, in compagnia di ricchissime zitelle nelle loro suite isolate. La nave è grande, piena di pertugi: cercare qualcuno qui dentro è come voler trovare un ago in un pagliaio... Il capitano non ha individuato nessuno che avesse una stazza adeguata a rimpiazzarli, ma il mio vecchio Louis ha avuto un'idea geniale. Gli ha dato le sue scarpe, taglia 48, e gli ha fatto vedere come metterle sotto la tenda in modo che i curiosi o i ladri potenziali pensassero che dietro ci sia una grossa guardia. Louis ha speso stasera il bigliettone intascato in cambio delle sue vecchie scarpacce. Al bar. I musicisti delle altre due orchestre, che non incrociamo mai sul ponte superiore, hanno festeggiato con noi. Louis ha offerto da bere a tutti quanti: non ha il senso della misura, e la cosa non migliora con gli anni. Ma, oltre a essere una cara persona, ha una soluzione per tutto! Il suo problema col rispetto delle regole gli cau-*

sa qualche noia, il suo gusto per la zuffa ne pone qualcuno anche a noi, di conseguenza. Ma l'amicizia che ci lega è profonda, e io lo prendo così com'è.

16 aprile 1964

Un odore di peperoni arrosto con aglio è venuto a solleticarmi il naso nella mia cuccetta all'alba. I miei sensi mi hanno ingannato: mi è sembrato di avere sette anni e di svegliarmi dalla siesta a casa di Rita, in uno di quei sabati in cui mia madre vendeva le verdure di mio padre al mercato. Mi è costato qualche lacrima rendermi conto che di anni ne ho ventidue e che mi sono dovuto perdere in mezzo all'oceano per fare tabula rasa del mio passato.

2 maggio 1964

Il capitano della squadra degli Yankees ha trovato così straordinario il modo in cui Louis suona che lo ha invitato alla partita di domani. Louis ha detto che lui non fa niente senza il suo schiavo bianco, il che ha fatto molto ridere i giocatori. Dunque sarò anch'io allo stadio con il mio "padrone", e sono così eccitato che non riesco a chiudere occhio.

3 maggio 1964

Lo Yankee Stadium era in fiamme. Io e Louis eravamo seduti in mezzo a degli ufficiali nella tribuna d'onore e nessuno è sembrato curarsi dei nostri vestiti, che stonavano in mezzo agli altri: avevamo preso in prestito due uniformi da lavoro dai colleghi e sembravamo due pinguini smarriti sotto delle palme da cocco. Ma nessuno ci ha fatto caso. Veder stracciare i Washington era l'unica cosa che importava a tutti coloro che ci cir-

condavano stasera. Il fervore dei tifosi è contagioso, eravamo elettrizzati come gli americani. NY Yankees: che serata!

10 luglio 1967

Louis è stato trovato morto nel suo letto stamattina. Overdose. Dieci anni dopo che abbiamo messo il piede su questa nave insieme. Io avevo quindici anni, lui diciotto; io non avevo niente, a lui restava solo la musica. Siamo cresciuti sulla SS United States *e io ho scoperto il meglio e il peggio del nostro mondo accanto a lui. Abbiamo condiviso i nostri angeli e i nostri demoni per capirci e arricchirci a vicenda. Questo viaggio sarà l'ultimo. Torno nell'Aude.*

Mentre giravo le pagine, le melodie di Escouto mi hanno portata tanto lontano che la sensazione dell'astinenza si è dissolta come schiuma sulla battigia. Ha un dono particolare quando scrive, per cui il lettore diventa attore delle immagini che descrive. Ti trascina. Il viaggio è nelle sue corde, nel movimento ha trovato una casa che gli assomiglia. Non è riuscito a salvare Louis, riuscirà a salvare me. Per tutta la vita gli sarò debitrice, al mio caro Escouto. Per tutta la vita.

È rimasto al mio capezzale quando ero inchiodata a letto dall'astinenza con tutte le fibre, abbiamo preso a fare l'amore ogni tanto. Questa cosa la teniamo per noi: la differenza d'età non turba nessuno quando l'uomo ha dieci anni in più della donna, ma al contrario non funziona così...

Con lui il sesso non è intenso come con Antonio. Quando scopavo con Antonio pensavo solo a me. Sapeva benissimo occuparsi di sé stesso, quella merda, era evidente. Ma quando sono con Escouto, sono meno egoista. Quando faccio l'amore con lui, sono con lui, non sono solo immersa nelle mie sensazioni o in un gioco di dominazione. Non che stiamo lì a parlare di filosofia, intendiamoci, ma diciamo che sto facendo del bene a qualcun altro oltre che a me. Rassicuro, a mia volta.

Con Escouto il corpo deve dire quel che le parole non diranno: forse per questo arriviamo in luoghi inattesi dove il verbo è superfluo. Le nostre incomprensioni a volte ci fanno ridere. In quei casi lui accetta di armarsi di foglio e matita; di solito, però, rifiuta il supporto della carta. Scrive: «No. La vita mi ha fatto così». Sa parlare la lingua dei sordomuti, ma io no. Secondo lui, lo scritto ti taglia fuori dal dialogo, ed è ancora peggio che essere costretti al silenzio. Come me, però, fa meno storie che con gli altri a ricorrere al foglio, e in effetti ho degli argomenti di peso con lui, è il minimo che si possa dire. Escouto prende molto sul serio quel che gli dico, credo di essere la sola con cui condivida una certa intimità. A volte parlo veloce, troppo, mi lascio andare, mi scaldo, poi mi fermo, di colpo. Mi sento davvero stupida quando mi rendo conto che lo stordisco di parole e lui invece non può rispondermi. Preferisco decisamente continuare a inventarci un linguaggio comune, più poetico anche se meno preciso, che blaterare da sola.

Con Escouto, sviluppo il mio senso dell'ascolto. Ascoltavo la Yaya con tutta me stessa, per maturare, per arricchirmi. Con Escouto, invece, mi prendo il tempo di “ascoltare” per lui, anche se pure questo mi fa crescere. Senza di lui, sarebbe crollato tutto. Senza di lui, la mia decadenza avrebbe ancora una volta sporcato ciò a cui tengo di più. Invece, il soffio provvidenziale di Escouto ha spazzato via il peggio, per lasciare solo il meglio.

In paese nessuno sa perché Escouto non parla, o meglio, perché sa dire solo quelle tre parole, *Escota quand plóu.* A parte Rita, e me, da quando mi ha raccontato i segreti di Escouto. Rita è una tomba e non lascia scappare niente di quello che le si confida, per nessuna ragione al mondo, ma se è brilla allora non ci vuole nulla a farla parlare. Pochi ne sono al corrente, perché non beve quasi mai, ma io lo so. Quando ho voluto sapere qualcosa di più su Escouto, sono bastati due bicchieri di vino rosso e mi ha scodellato tutto su un piatto d'argento. Prego perché nessuno scopra mai il suo tallone d'Achille, considerato che raccoglie quintali di confidenze da dietro il bancone. E io non abuso del mio potere su di lei, per proteggerla: se la sua debolezza venisse scoperta, farebbero a gara per farla bere e farla cantare, e allora Marseillette sarebbe travolta da una marea di divorzi e incidenti diplomatici.

Violette, la mamma di Escouto, e Rita erano come sorelle. Una manciata di settimane dopo la nascita di Cali, Rita e André si sono stabiliti in una delle casette operaie che compongono quello che viene chiamato il quartiere della ferrovia a Narbonne. L'amicizia tra le due donne è stata immediata. Legate dal loro statuto di madri, dal loro isolamento, dalla loro solitudine, in un attimo si sono legate in una complicità che non aveva praticamente bisogno di parole. Era il 1948, credo. Sì, dev'essere così, perché lo stesso anno ho iniziato il liceo, con un anno di anticipo, fiera come un pavone. A quattordici anni, ne sapevo più delle mie nuove compatriote.

L'adorabile coppietta che viveva nella casa adiacente a quella di Rita e André allevava un bambino speciale. Il figlio dei vicini entrava nel suo sesto anno. Sua mamma Violette lo presentava sempre come Jules, ma lo chiamava Escouto, e allora abbiamo preso a fare lo stesso.

Escota Quand Plóu è nato una sera di novembre in cui la pioggia si abbatteva sulla clinica così furiosamente che Violette aveva paura che le crollasse in testa. Quando il temporale aveva cominciato a scuotere il cielo, si era preoccupata tanto che il suo piccolo potesse esserne spaventato da improvvisare una ninna nanna per coprire i rumori della tempesta che risuonavano nella stanza. «*Escota, escota quand plóu. Escota, escota quand plóu, escota, escota.*»

Con la mano destra sul petto, mentre la sinistra non lasciava il suo ventre, aveva composto un dolce ritmo che faceva eco agli elementi esterni. L'acqua che veniva giù dalla grondaia picchiettava a tempo. L'ululato della burrasca faceva da contrappunto tra le botti della distilleria di fianco all'ospedale. Gli scricchiolii della lamiera del tetto si inserivano nel concerto, come per accompagnare l'apprensione di Violette nel mettere al mondo quel bambino. Continuando a canticchiare per il suo piccolo, la futura madre pensava alle coltivazioni dei suoi genitori e pregava perché non venissero rovinate da un'altra inondazione. Non li vedeva da anni, ma non aveva mai smesso di augurare loro il meglio, a differenza di quanto facevano loro.

Più le contrazioni si avvicinavano, più le angosce di Violette convergevano verso un unico punto. Aveva tanti timori per il futuro di quel piccino. Lei, di solito così vivace con tutti, da sola in quella stanza d'ospedale lasciava scorrere fiumi di lacrime, come se la sua corazza si fosse crepata. Lucida sulla sua realtà e su ciò che aspettava il loro bambino. Irrimediabilmente.

Il padre di Escota Quand Plóu non era lì con lei. Era al bancone del bar, come sempre, a vedersi rifiutare il bicchiere di troppo dall'oste, come sempre. Quando la sua lingua si faceva pesante, questi gli bisbigliava all'orecchio, gentilmente: «Ultimo bicchiere». Tentava di proteggere Violette da quel marito a cui l'alcol decuplicava la rabbia. Gli habitué della bettola avevano imparato a gestirlo, grazie a quel linguaggio universale che è il calcio nel culo.

Escota Quand Plóu è occitano. È anche il nome di un campo di gitani. Violette è nata lì, ed è stato quello il primo dei drammi che hanno costellato la sua esistenza.

Nata gitana, Violette aveva passato la sua infanzia a chiedersi cosa ci facesse con quella gente: nulla in lei sembrava corrispondere ai codici della vita che il suo sangue le imponeva. Non era né riottosa, né esuberante, né selvaggia. Era più tenera di un bacio in fronte, più fragile e delicata di un petalo di papavero. Ogni aspetto della sua quotidianità era un'aggressione per lei. Fin dai suoi primi balbettii, era diventata il brutto anatroccolo della sua comunità. Aveva iniziato a parlare troppo presto e troppo bene, aveva imparato a leggere da sola grazie a dei giornali recuperati in discarica, il che lasciava i suoi perplessi e li allontanava ancora di più da quella bambina che pure richiedeva così poche cure. La sua sete di cultura era presa per arroganza, il suo pudore per affettazione e la sua indifferenza verso l'alcol e la bisboccia per disprezzo.

Aveva supplicato sua madre di mandarla a scuola e lei, nonostante la disapprovazione generale, aveva accettato, con il solo intento di mettere a tacere sua figlia.

«Non venire a rompermi le scatole con richieste di cose da comprare o chiedendomi di accompagnarti, io me ne frego di dove stai tutto il giorno, basta che fai quello che devi qui. In fondo hai otto anni, fa' un po' quello che vuoi.»

Violette era entrata a scuola portata dal desiderio intenso di essere nutrita di ciò che le mancava a casa: un briciolo di considerazione, un po' di attenzione, molta istruzione. Lì aveva incontrato quel ragazzo più grande, che tutti i giovedì veniva a consegnare le verdure alla mensa. Pablo sembrava un angelo caduto dal cielo. Fine, biondo, delicato, come un fiore sotto il sole. La sua timidezza era commovente. Gli uomini al campo erano molto diversi: tra i gitani maschi era bandito ogni segno di debolezza.

Violette era stata colpita in pieno cuore da quell'essere celeste, senza sapere nulla di lui e prima ancora che avessero scambiato una parola. Pablo incarnava la promessa di un futuro migliore. Va detto che, quasi inavvertitamente, lui piazzava qua e là le sue esche, il malvagio. Un fiore del giardino qui, un complimento là... Sapeva benissimo cosa cercava, quel bastardo. Una preda, qualcuno che non contasse per nessuno, in modo da poter esercitare il suo potere senza problemi.

Alla vigilia dei suoi quindici anni, Violette gli aveva chiesto di rapirla. Il rapimento della fidanzata è una tradizione gitana. Con quell'atto i futuri sposi annunciano ai genitori l'intenzione di sposarsi e le famiglie hanno tempo fino al loro ritorno per organizzare il matrimonio, cioè solo qualche giorno: una vera corsa per riuscire a farcela e un incredibile investimento di energie, soldi e cuore per ogni membro della famiglia. I gitani tengono molto ai riti legati alle loro origini; quando nella storia di un popolo manca un ancoraggio geografico, le radici trovano un altro terreno per impiantarsi, e il fasto del matrimonio è uno di questi. Così il ritorno della sposa, accolta come una regina tra canti e grida di gioia, è una tappa cruciale.

Violette e Pablo non sono mai tornati. Pablo era un *gagé*, un non-gitano, e Violette sarebbe stata severamente punita per un atto così indegno.

Non appena trasferita a Narbonne, con venticinque minuscoli chilometri di distanza a proteggerla dalle rappresaglie della sua comunità, Violette aveva capito che in realtà era solo passata da una prigione a un'altra, e che da quella sarebbe stata ancora più difficile scappare. Il rancore che Pablo nascondeva dentro di sé esplodeva in casa con la violenza della belva quando si apre la gabbia.

Violette non avrebbe però desiderato tornare indietro. Se Pablo l'aveva costretta a interrompere la scuola per isolarla completamente, almeno a casa aveva otto ore di calma al giorno. Certo, tutte quelle mansioni domestiche che suo marito le assegnava la occupavano, ma le restava del tempo per leggere, imparare, ascoltare la radio, respirare il silenzio. Tutto il livore che Pablo covava dentro di sé per la sua condizione di agricoltore senza un soldo esplodeva quando era tra le mura di casa sua. In pubblico era un marito discreto e rispettoso, il che alimentava le speranze di sua moglie, convinta che l'uomo che aveva immaginato esistesse veramente, dietro quelle azioni barbare.

Nella vita di Violette non ci furono solo tragedie. Ci fu Escouto.

In quel 29 novembre sembrava non voler uscire dal ventre di sua madre.

«Partorirai prima del tempo, guarda la tua pancia, è troppo basso questo bambino!» le dicevano il medico e i vicini, appena finito il primo trimestre della gravidanza.

E aggiungevano, tanto per gradire, che era bene che stringesse le chiappe il più possibile. Era una tecnica tutt'altro che collaudata, ma lei ci aveva comunque provato con tutta sé stessa.

Tutti adoravano Violette. E se a volte si dice che per conoscere bene le persone bisogna viverci insieme, in quel caso invece tutti sapevano cosa succedeva a casa sua, nonostante il suo sorriso di facciata, le parole gentili e la sua simpatia. Nonostante la sua leggerezza e la sua disponibilità.

Violette oltrepassò il termine di sette giorni, ma rifiutò l'induzione del parto: «Nella sua vita ci saranno tante cose che gli verranno imposte, lasciamogli almeno scegliere il meteo che desidera per sbarcare in questo mondo di pazzi!» ripeteva ai medici.

E aggiungeva: «Ha tutto il tempo, quel piccino! Anche io non ho fretta! Prenditi tutto il tempo che ti serve, bambino mio. Prenditi il tempo».

Violette era la confidente di Rita, conosceva tutti i suoi segreti. Rita cercava di far parlare a sua volta Violette, ma da lei otteneva solo racconti sul passato remoto. Il presente non esisteva per lei: formularlo avrebbe significato accettarlo. Accettare la violenza. Il senso di colpa. La paura. Il caos. Violette non diceva niente, ma Rita sapeva tutto. La sottigliezza del muro divisorio tra le due case contribuiva. Non appena un granello di sabbia si inceppava nel meccanismo di Pablo, Violette soccombeva sotto una scarica di colpi. E purtroppo l'esistenza è tutto un susseguirsi di granelli di sabbia che vanno e vengono a loro piacimento...

Rivedo ancora Rita che esce come un fulmine, non appena sente un rumore sospetto dalla casa della sua amica. Mia sorella non ha mai avuto tanto bisogno, all'improvviso, di uova, sale, zucchero, chiodi o nespole come durante quegli anni. Ogni pretesto era buono per spezzare quel cerchio infernale, per evitare a Violette un colpo in più, o quello di troppo. Rita non aveva paura, o se ne aveva era solo per Escouto e sua madre, quando arrivava in casa loro. Avrebbe fatto qualsiasi cosa perché Violette sfuggisse, anche solo per qualche ora, al suo asservimento a Pablo. Faceva ricorso a tutte le sue risorse per portare Violette fuori da quelle mura: Pablo teneva a salvare le apparenze, e quindi lasciava correre le motivazioni, a volte vaghe e fantasiose, delle proposte di Rita. Durante quelle evasioni che si concludevano al cinema coi bambini o passeggiando lungo le barche, ossia tutto ciò che era loro proibito, mia sorella invitava Violette ad aprirle il suo cuore. La bella mamma di Escouto minimizzava. Quando Rita insinuava che avrebbe dovuto scappare, rispondeva con delle frasi fatte, «la vita in coppia non è facile per nessuno», «le persone cambiano col tempo» e «un bambino ha bisogno di un padre».

Quando mia sorella comprò il café, non girò intorno alla questione e le propose senza mezzi termini di andarsene via con lei: «Venite con noi, tu e Escouto, *cariño.* Puoi fidarti del quartiere, Violeta, ti proteggeranno. Si porteranno il segreto della nostra destinazione fin nella tomba, se gli diciamo che è necessario non rivelarlo! Lo sai quanto ti vogliono bene qui, e nessuno è scemo, per quanto tu ti sforzi di nascondere le cose...».

«Non posso.»

«Io so tutto, *mi amor*, sento tutto, vedo i segni nonostante il foulard che hai addosso e il maglione con il collo alto. Puoi coprirli quanto vuoi, ma io li vedo nei tuoi occhi. Vieni con noi. Dio solo sa se un giorno non se la prenderà anche col piccolo... Avrò del lavoro da offrirti e una camera per voi.»

Ma né la forza persuasiva di mia sorella né i suoi piani così ben pensati bastarono.

Quattro mesi dopo il trasferimento di Rita, Violette morì a seguito di una "brutta caduta" in casa sua. Per Escouto, tutti fecero la dolorosa scelta di murarsi nel silenzio. Come diceva Violette, un padre, per quanto orribile, resta sempre un padre e di quello ce n'è uno solo. Se quel bruto regolava a botte i suoi rapporti con le donne, suo figlio lo violentava solo con le parole. La discendenza aveva un senso per Pablo, avere un figlio gli dava la sensazione di essere un uomo compiuto.

«Lo sai che è da settimane che insisto con Escouto perché vada a trovare suo padre?» dice Rita.

«Ma perché? È ancora a Narbonne?»

«No, è a Carcassonne.»

«E come fai a saperlo?»

«Non posso dirtelo. E se ti chiedono qualcosa, devi dire che non sai niente.»

«Rita, non iniziare con le tue storie. Ora è molto più vicino, tra l'altro... e che cosa ci fa a Carcassonne ? Si è risposato, quello stronzo?»

«Smettila di parlare come uno scaricatore di porto! Non sta bene in bocca a una ragazza.»

«Ma senti da che pulpito arriva la predica, *mami*, basta sentire come imprechi tu!»

«Non è la stessa cosa, *cariño*!»

«*¡Mala fe, pura!*»

È troppo tardi per iniziare a farla bere, ma so come sciogliere la lingua a mia sorella: sentire un po' di Spagna che esce dalla mia bocca la fa fondere, le dà l'impressione che il nostro popolo lascerà una traccia in questo posto. E poi lo dice spesso, che di noi tre sono quella che le ricorda di più nostra madre, non solo fisicamente, ma anche perché sono la più impulsiva. Rivede nostra mamma, quando mi infiammo nella nostra lingua materna, soprattutto adesso che ho raggiunto l'età che aveva lei quando ci ha messe in salvo. L'età che aveva quando ci ha brutalmente abbracciate per l'ultima volta, avvolgendoci con il suo amore infinito.

«Pablo è in prigione, Cita. E se ho fatto bene i conti, viste le riduzioni di pena per buona condotta, già che quel serpente riesce a ingannare sempre tutti... esce tra due mesi.»

«Porca puttana! Ma da quando è al fresco? Gli sta proprio bene, porca miseria! Ah ah! Per cosa lo hanno preso? Ma aspetta, Escouto lo sa?»

«*Tranquila mami*... Lasciami raccontare. Poco dopo il suo ritorno, gli ho detto che suo padre era in prigione, ma lui non ha voluto saperne niente. Appena cercavo di affrontare l'argomento, girava i *tacones*. Quasi un anno fa ho fatto i conti e mi sono accorta che Pablo sarebbe uscito nel giro di un anno; allora, visto che la sua liberazione era imminente, ho messo Escouto con le spalle al muro. Gli ho detto quanto era importante lui per me e gli ho ripetuto che su di me avrebbe sempre potuto contare; ho cercato di infiorettare il discorso, poi gli ho detto che doveva andare a trovarlo. Ho avuto appena il tempo di dichiararmi disponibile ad accompagnarlo, per mostrare a quello schifo d'uomo che persona meravigliosa era diventata suo figlio. Ho cominciato a spiegargli che doveva vederlo faccia a faccia. Per lui, Per Violette. Perché Pablo aveva solo cinquantasette anni e quindi ancora tanto tempo davanti per rovinare altre vite. Perché Escouto doveva trovare la forza di rasserenare il bambino che era stato e che non meritava quel che gli era successo. Perché Pablo si rendesse conto di quanto Violette aveva realizzato di meraviglioso e lui non era riuscito a distruggere! Avrei potuto continuare a elencare argomenti per ore, ma lui era già uscito dalla stanza da un pezzo. Da quando avevo iniziato il mio monologo, probabilmente... va' a sapere. Devi aiutarmi a convincerlo ad andare a trovare suo padre, Cita. Con o senza di me, deve trovare il coraggio di andarci prima che esca di prigione e prima che noi perdiamo le sue tracce.»

Rita in tutto il suo splendore. Il suo buon senso, sempre il suo buon senso...

È passata una settimana da quando ho parlato del padre di Escouto con Rita. Sono perplessa di fronte alla radicalità di mia sorella. Perché vuole a tutti i costi provocare un confronto? Come fa a essere così sicura che non peggiorerà le cose? Penso alla Yaya, alle parole che ha saputo trovare per spronarmi. Le certezze di Rita mi martellano in testa, ma fatico a intervenire in una situazione così delicata. Eppure mia sorella forse non ha torto.

Sto rinvasando la lavanda quando Escouto arriva a tutta birra sulla sua 404 e parcheggia in mezzo alla piazza. Senza spegnere il motore e nemmeno chiudere la portiera, viene dritto verso il café. Nell'impeto, mi prende per il braccio e mi fa volare all'interno. Ha sul viso un sorriso largo, che non gli conosco. Nel café tutto è tranquillo. È un giovedì d'aprile, sono le tre del pomeriggio. Abbiamo appena ricevuto il juke-bok e Rita mette su un disco di Nino Ferrer. André, Pedro e Titougne si stanno facendo una partitella a carte. Una volta entrato, Escouto mi molla la mano e corre verso Rita. La solleva, la stringe tra le braccia e la fa girare, coi piedi al vento, al ritmo della musica. Il suo abito svolazza e danza la gioia del suo piccolo Escouto. Mi accorgo solo allora che lui ha il viso bagnato di lacrime, e anche Rita lo vede. Escouto fa una smorfia maliziosa, rassicurante. «È grazie a te!» le dice all'orecchio, e le dà un bacio sonoro sulla guancia. «Grazie, *mami.*»

Mia sorella resta a bocca aperta. E io pure, anche se non sono riuscita a sentire bene tutto il contenuto di quel misterioso bisbiglio. Escouto la rimette giù e torna con passo frenetico verso di me. Mi prende per la vita, mi trascina verso il fondo della sala, dà una spallata alla porta dell'hotel.

Saliamo i gradini quattro a quattro verso la mia camera, come dei bambini, poi lui rallenta, finalmente certo che nessuno può più sentirci. Mi prende la testa tra le mani e mi solleva il viso verso il suo. Cattura il mio sguardo.

«Carmen. Io parlo. E volevo che dopo quella che ha liberato la mia voce, tu fossi la prima a sentirla.»

La voce di Escouto è soave e tranquilla. Com'è naturale, non pronuncia tutto bene, incespica su alcune consonanti, riformula per evitarne altre, e io lo aiuto a ripetere. Ma parla come scrive, con un po' di lirismo, con molta poesia. Con umanità e pudore. Se solo avesse qualche anno di più, Escouto... io e lui saremmo stati una bella coppia.

«Cos'è che ha fatto sbloccare la tua voce, *amorcito?*»

Amorcito, sono terribilmente imbarazzata per essermi lasciata scappare quella tenerezza. Il mio entusiasmo mi ha fatto oltrepassare i limiti.

«Sono andato a trovare mio padre in prigione a Carcassonne. È lì da quasi quindici anni. Quando sono entrato nel parlatorio, è stato incredibile, è uscito tutto, anche se non veloce come avrei immaginato. Ho usato le parole più belle per dire quello che aveva. E le parole più atroci per dire quello che ne aveva fatto.»

Arrossisce. Sente sé stesso pronunciare quelle parole al rallentatore, con goffaggine, e percepisco una punta di vergogna che attenua la sua gioia.

«Sono sbalordita di come sei passato da niente

a tutto in un attimo. Non ti giudicare, Escouto, devi essere molto fiero di te. Sei riuscito a sollevare da solo il masso che ti ostruiva il cammino, non puoi certo permettere ai sassolini che restano sul sentiero di rovinarti il momento! Vai avanti.»

«Al momento di andarmene da lì, tremavo, ma ho aggiunto che mi ero fatto una posizione, che avevo un diploma da infermiere e che avevo ritrovato una famiglia da Rita. Lui è esploso: "Quella stronza di una spagnola che mi ha denunciato quando te ne sei andato! Mi minacciava da anni, mi ha anche scritto che se ti toccavo anche solo un capello mi avrebbe fatto la pelle. Ma che problema ha, quella donna? Di cosa si immischia? Come se io potessi fare del male al mio stesso figlio! Lo sai com'è la vita qui? Lo sai cosa vivo qui ogni giorno, da quindici anni, per colpa sua? Lo capisci ora cosa ci ha fatto, quella tua Rita maledetta?"»

Mi cadono le braccia.

«Oh, cazzo, è stata mia sorella a denunciare tuo padre?»

«Sì», risponde lui lasciando nascere un sorriso all'angolo delle labbra. «E io che pensavo di non avere più una mamma...»

Lo bacio. È più forte di me. Ridicolo, anche. Ci baciamo sulla bocca, o quasi, solo una volta. È una regola che ho con gli uomini: l'amore non è roba per me, così con questo codice tolgo di mezzo ogni possibile ambiguità anche da parte loro. Le mie storie cominciano quando mi infilo sotto le lenzuola e finiscono quando ne esco. Punto. Non so cosa mi prenda stavolta. Anche la sera in cui avevo finito di leggere il suo diario avevo avuto voglia di mettere le mie labbra sulle sue, ma con mia grande sorpresa non era accaduto nulla. Prudenza. Le nostre guance si colorano. Escouto non sembra trovarlo così strano. Per non lasciargli il tempo di notare il mio imbarazzo, trovo una scappatoia.

«Vieni, andiamo a far cantare Rita. Non vedo l'ora di conoscere i dettagli di questa storia.»

Ma mia sorella non ha nessun bisogno di essere convinta a parlare, è già in ebollizione, come un leader politico di fronte a un raduno di sostenitori.

«Ha un timbro molto basso, alla fine, Escouto. Non si notava tanto quando diceva solo il suo nome, ma è molto virile. Per i primi tempi farà fatica a pronunciare bene, deve ancora formare il palato, allenare la lingua... ma questa voce profonda che contrasta con la sua pronuncia ancora esitante gli dà un fascino pazzesco.»

Leonor e Madrina spalancano gli occhi. Titougne continua a ripetere che non ci crede. André rimane impassibile, ma tende l'orecchio. Pedro, euforico, danza trascinando Cali in un valzer improvvisato.

«No, ma che numero, mia madre! Pedrito, ti giuro che con lei non ci annoieremo mai.»

Tutti si accalcano verso La Terrasse, come se mia sorella avesse già reso pubblica la notizia. Commenti e domande si mescolano in una gioiosa cacofonia. Nessuno ci vede entrare dalla porta sul fondo, me ed Escouto. Dalla nostra posizione, ci godiamo lo spettacolo: abbiamo lasciato un café vuoto qualche minuto prima e ora eccolo pieno di gente richiamata dalla sua prodezza.

«Oh, e allora, cosa sono queste storie? Titougne dice che Escouto non è più muto!»

«Ma non è mai stato muto, Escouto, scema, diceva il suo nome!»

«E quindi Escouto parla? Ma cos'è successo?»

Il telefono senza fili potrebbe tranquillamente chiamarsi telefono spagnolo.

Escouto è un po' in imbarazzo nel trovarsi al centro dell'attenzione in quel modo, ma quel bagno di gioia pura, testimonianza di tutto l'amore che il paese ha per lui, gli mette le ali. A Marseillette la vergogna può sfiorarci, ma fatica a prendere corpo: tutti accettiamo pienamente ciò che siamo e ciò che non siamo. Soprattutto tra di noi.

Io contemplo la scena e l'emozione che si avverte dappertutto mi sommerge. Naturalmente, tra tutti i presenti, ci sono anche un paio di malelingue galvanizzate da quella ghiotta occasione di chiacchiere. Ma pure quelle comari, senza smettere di spettegolare, finiscono in qualche modo per rallegrarsi degli sviluppi: «Bene per quel povero piccolo... ma a dirtela tutta, visto che non viene mai a messa, non sarei stupita se venisse fuori che è intrallazzato con quei brutti tizi che praticano la magia nera... per avere un miracolo del genere!».

Rita porterà con sé i suoi segreti e quelli che le sono stati affidati fino al purgatorio, ma aveva dato degli indizi per attirare la benevolenza dei compaesani su Escouto quando lui è ricomparso al café.

«Quel ragazzo si merita tante cose, viene da lontano, il piccolo Escouto... e non parlo solo di geografia.»

Aveva messo a tacere gli scherni sul suo bizzarro linguaggio.

«*Coño*, è più facile capire quel che vuol dire Escouto con tre parole che voi con cinquecento! Allora *callaos*!»

Taccio. Osservo. Mi godo la scena. Compaiono delle bottiglie di blanquette de Limoux e Madrina allinea sul bancone i bicchieri preferiti di Rita, quelli che tiriamo fuori solo per i grandi eventi. Sa che, per mia sorella, Escouto si merita questo e altro. Penso a Carmelo, a quanto sarei stata felice di poter rimanere a prendermi cura di lui, ad aiutarlo a diventare uomo. Al bacio quotidiano che mi dava sulla fronte prima di raggiungere Antonio per allenarsi.

«*¡Mejor desayuno del mundo, mamita!*»

Mi manca così tanto.

Rita mormora qualcosa all'orecchio di Cali, che spalanca i suoi occhi di giada. Le invidio. Mia sorella dà probabilmente a sua figlia le chiavi che ancora mi mancano per capire quel prodigio. Escouto stringe mani a destra e a manca e regala una piccola dimostrazione della sua voce a ciascuno. Ci mette mezza giornata per pronunciare una frase con fluidità, ma si impegna e il suo lessico è molto curato.

Mi eclisso da quella scena di gioia per non mostrare il mio turbamento. Mi ci vuole un lungo momento per riprendermi. Cosa può mettermi in uno stato simile, io che non piango mai? Torno in sala.

«André, puoi andare tu al bancone, per favore? Escouto e io dobbiamo parlare con Rita.»

André fa un segno che traduco con: "Ok, andate pure".

Prendo Rita per il polso e chiamo Escouto, che già viene verso di noi. Propongo loro di andare a fare due passi lungo il canale, desiderosa che Escouto possa tirare un momento il fiato e io ricevere le tessere mancanti del puzzle.

«Ovvio che ho detto falsa testimonianza. La signora Balfet e l'Oulivo pure! In memoria di Violette, il quartiere si è stretto: un'unione senza crepe, degna di un *maquis* comunista! E io ho militato per questo! Senza la prova che Pablo aveva assegnato un colpo fatale a tua madre, quel giorno, non saremmo mai riusciti a farlo incolpare... soprattutto anni dopo che si erano verificati i fatti.»

«Perché non lo hai fatto prima, allora, se eri sicura che fosse stato Pablo a ucciderla?»

«Per proteggere Escouto, come faceva Violette. Tu non hai mai visto coi tuoi occhi la violenza di tuo padre, vero?»

«No, l'ho solo indovinata sul viso di mia madre.»

Escouto ci racconta che lo chiudevano a chiave in camera sua, al piano di sopra, in caso di crisi. Suo padre era troppo perverso per correre il rischio di essere smascherato. Escouto faceva finta di non sentire, di non aver paura di lui. Faceva anche finta di volergli bene, a volte, in modo che il suo amor proprio si placasse abbastanza da lasciare in pace Violette... Ma lui sapeva, in realtà, a causa dei segni sul corpo della mamma, che sporgevano dai metri di tessuto con cui si ricopriva, a causa della disperazione che leggeva in fondo ai suoi occhi e che il suo sorriso luminoso non riusciva a dissimulare.

A quel pensiero, Escouto si ferma. Abbraccia mia sorella, la soffoca di gratitudine. Rita gli restituisce l'abbraccio. Dà corpo all'assente, gli carezza la testa, diventa il forziere dove dovrà d'ora in avanti deporre i suoi rimpianti. Dopo una sequela di «grazie» di Escouto, tra i singhiozzi trattenuti, Rita taglia corto.

«Hai passato trentaquattro anni a dire tre parole, e adesso ti blocchi su una sola! Smettila un po' coi tuoi grazie, e piuttosto metti bene la lingua per dire la "p", che quando la dici sembra una "b"! Se vuoi, puoi ripetere le mie imprecazioni, bisogna pure che ti alleni... perché un *buta madre* non vale una cicca!»

Ridiamo tutti e tre. Mi dico che per quanto il mondo possa andare male, avremo sempre questo: il filo invisibile che si tesse nelle nostre risate e che, tra bisticci e incomprensioni, prove d'amore e riconciliazioni, non fa che rinsaldarsi.

Rita ci chiede di sederci accanto a lei sulla panchina davanti al cimitero e si libera di un segreto che nessuno avrebbe mai potuto immaginare. Da fine psicologa, comincia dai bei ricordi della sua amicizia con Violette: le nostre gambette graffiate quando ci portava a passeggiare nelle Corbières, i bagni che facevamo nelle piscine naturali, senza che nemmeno ci accorgessimo della temperatura glaciale dell'acqua, perché un vento di libertà copriva la morsa del freddo... Ma a un certo punto bisogna arrivare ai fatti. Dopo la partenza di Rita per Marseillette, Escouto si ricorda di aver visto sua madre diventare sempre più fragile giorno dopo giorno. Anche mia sorella lo aveva notato, perché continuava ad andare a trovarla ogni primo mercoledì del mese. Tutti, tranne l'ultimo. La sera prima, Violette le era sembrata preoccupata al telefono e aveva chiesto a Rita di non passare, per quel mercoledì.

«Pablo non è facile, in questo momento. Il gelo gli ha rovinato i raccolti, sta molto più tempo a casa. Lo sai com'è orgoglioso, esigente, e così ora...»

Al funerale di Violette, nessuno del quartiere aveva salutato Pablo. In compenso avevano tutti "qualcosina", qualcosa fatto col cuore, per Escouto. Un sacchetto di dolci, un maglioncino sferruzzato, un libro, un bacio sulla testa, una pacca sulla schiena. È stato in quel momento che Rita ha deciso di mettere pressione a Pablo, presa dalla paura per il piccolo Escouto, che aveva solo dieci anni. Gli ha buttato lì che aveva accompagnato Violette dal medico diverse volte e che ogni volta lui aveva rilasciato dei certificati che attestavano i colpi subiti e le percosse; gli aveva detto che se non diventava un padre degno di questo nome per Escouto tutta quella roba sarebbe finita dritta nelle mani degli sbirri. Non era vero. Ma lui ci aveva creduto e non faceva mica tanto lo sbruffone, in quel momento, il *pendejo*. Io lo avrei annientato, quel mostro, se avessi saputo all'epoca.

Dopo il funerale, ogni primo mercoledì del mese, Rita andava davanti alla scuola di Escouto. Al momento della ricreazione, attraverso le sbarre del cancello, gli passava qualche dolcetto e gli chiedeva come stava. Questa cosa mi ricorda il buco attraverso il quale la Yaya riusciva a parlarmi e mi aiutava a tenere duro quando mi hanno spaccato la faccia. Basta una piccola breccia per far penetrare la luce.

Escouto è un uomo nuovo da quando mi parla, è cambiato perfino fisicamente. O forse sono io che lo vedo in maniera diversa, dopo tutti questi anni passati a condividere più spesso la cattiva che la buona sorte. Da quando mi ha accompagnata nella disassuefazione, sento che Escouto non ha più nulla del bambino fragile che ho conosciuto. È un uomo fatto e finito, il nostro marinaio, ora che è in pieno possesso della sua storia.

A Escouto e a me piace ancora la notte, ma è diventata un'altra cosa. Niente di che, ma un'altra cosa. Alla luce del sole siamo amici, perché in quel caso la nostra differenza d'età non pone problemi agli occhi degli altri. Il nostro rapporto è così dolce: me lo godo in attesa di trovare quello giusto. Mi piacerebbe tanto incontrare qualcuno con cui sia tutto facile, con cui non sia necessario fare scelte. Un uomo più grande di me, magari, d'esperienza. Ho fatto un po' il giro dei ragazzi di qua e mi sa che dovrei alzare di nuovo le tende, se voglio avere speranze, ma stavolta con un po' più di intelligenza.

Ho l'impressione che mia sorella abbia intuito qualcosa di me ed Escouto, ma non dice niente. Forse conta su di lui per trattenermi qui? In effetti penso che a medio e lungo termine sia più riposante per lei sapere che può tenermi d'occhio da vicino.

Torno a casa sfinita dopo quattro ore di macchina. Oggi festeggiavamo i ventinove anni di Cali e lei ha perso il treno per andare a raggiungere il camion della tournée che parte da Montpellier domani all'alba. Così alle diciotto ho preso la 404 di Escouto e li ho accompagnati lì, lei e il suo fidanzato, alla pensione di famiglia dove avevano prenotato la notte.

Guardandola spegnere le sue candeline, oggi, ho pensato che io non ho festeggiato i miei quarant'anni perché faticavo a uscire dalla droga, all'epoca, e dovevo rimanere lontano dalle tentazioni. Ho sorriso riflettendo sul fatto che Cali non ha sprecato nulla del suo tempo e delle sue possibilità fino a ora. Che ha già costruito e realizzato più di tutte noi messe assieme. Ho sperato che i nostri sbagli l'abbiano aiutata ad andare dritta all'obiettivo, almeno lei, e quel pensiero mi ha resa felice.

Di ritorno da Montpellier mi stupisco che il café sia ancora illuminato. Le mie sorelle e Madrina sono dietro al bancone e davanti a loro c'è solo un tizio mastodontico accasciato su uno sgabello. Dev'essere uno di quei ceffi che non si levano dai piedi e impediscono la chiusura. Avvicinandomi a La Terrasse, sono sul punto di andare direttamente in camera mia, senza ulteriori indugi, quando vedo che anche Escouto è lì con loro. Mi fa un effetto particolare accorgermi di lui, quando pensavo che non si trovasse al café. È strano. È così tanto tempo che non dormo da sola che mi faceva un effetto strano pensare di farlo stasera: Cali se n'è andata per tre mesi, e perfino alla mia età continuo a soffrire delle sue lunghe assenze. Di colpo ho paura. Sono tre anni che sono tornata qui e li ho passati tra le braccia di Escouto. È troppo. Per stasera decido che schivo la combriccola, è meglio così. Mentre devio verso destra, sento le mie sorelle che parlano in spagnolo ed Escouto ridere a gola spiegata. È piuttosto raro. Allora alla fine entro. Io la conosco quella voce, e anche quell'odore penetrante di patchouli, che mi farebbe tornare l'olfatto anche se lo avessi perso.

«Eccoti, finalmente, *flaquita*! L'attesa è più dura del fuoco, da sopportare. Tre anni senza vederti, otto ore di macchina per arrivare fino a qui e una volta che finalmente sono arrivata ne devo passare altre quattro ad aspettarti. *¡Dame un abrazo, pendeja!*»

La Yaya. Libera! E a casa mia! Non è cambiata di una virgola, con le sue frasi a effetto.

«No, noi per prime», dicono in coro Leonor, Rita e Madrina.

Rimango interdetta, ma solo per un attimo. Finalmente le riconosco, le mie donne. Leggo il perdono, la compassione... e ritrovo l'amore incondizionato che avevano per me prima che mi perdessi. La Yaya deve aver raccontato loro tutto, in ogni dettaglio. Compreso quello che io avevo omesso per proteggere le orecchie della mia Cali e non affliggere ulteriormente le mie sorelle. La fame. L'odore. La sporcizia. I colpi bassi delle guardie. I colpi e basta.

«E visto che le gioie non vengono mai da sole, sono arrivata come il dio Ermes, portando una lettera del tuo piccolo Carmelo. Ti ha scritto tutte le settimane da quando sei stata arrestata, ma non ti hanno mai recapitato le sue lettere. Ho tirato fuori l'ultima dalla spazzatura davanti alla prigione e Guapita, che passava di lì, ha riconosciuto la busta azzurra. È stata lei che mi ha detto che ne era arrivata una quasi tutte le settimane. Hai davvero un destino, tu! O una buona stella, che ha perso le tue tracce per ritrovarti meglio. In ogni caso, se tu avessi chiuso quella boccaccia invece di dare della *coña mal parida* alla *señora postal*, le avresti avute tutte quelle lettere!»

«Carmen!» si indigna Rita guardandomi di traverso.

«Sì, ok, troppo tardi...»

Prendo la lettera con mano tremante.

«L'hai letta?»

«Ovvio che sì!» mi risponde la Yaya con un sorriso che le arriva fino alle orecchie.

Querida mamita,

continuo a scriverti anche se ho il dubbio che le mie lettere non ti arrivino. Sono sempre nel paese dove i toreri non uccidono. È povero come da noi e i toreri sono coccolati. Mia moglie ha partorito e nostra figlia si chiama Carmen. Ti scrivo il mio indirizzo dietro a questo biglietto, come sempre, nella speranza che ti arrivi e che tu possa darmi tue notizie. Sono così dispiaciuto.

Un abrazo. Gigante

Carmelo

Con un cenno della testa, Rita fa capire agli altri che è bene lasciarmi vivere quell'incontro con la Yaya in intimità.

«*Tu, te quedas con nosotras. Tomate la habitación número tres, está vacía.*»

La proposta di Rita è perentoria e la Yaya accetta senza fiatare. Non ha paura di nulla mia sorella, ma se conoscesse gli antecedenti della forza della natura che hanno davanti, sarebbe un po' più cauta.

«Vuoi prima le notizie buone o le cattive?»

«Tutto! Nell'ordine che vuoi tu! Ma per iniziare, dimmi di te. Come hai fatto a uscire? Ti restavano almeno quindici anni in gattabuia quando sono uscita da Yeserías.»

«Mia sorella è ancora sposata con quello stronzo franchista, *¿te acuerdas?* Ha finito per scodellargli un pupo... e quel ragazzino mi ha salvato il culo. Mia sorella ha fatto bere al suo bellimbusto che il bambino doveva crescere in famiglia, secondo la tradizione, e così, pensa un po', non solo sono uscita di galera, ma ho vitto e alloggio in una mansarda vicino a casa loro. E per un lavoro che non faccio nemmeno! Mia sorella non riesce a mollare il bambino nemmeno un secondo, figurati, così non ha alcun bisogno del mio aiuto.

E poi ti devo confessare che a me i marmocchi non sono mai piaciuti granché...

«Le mie sorelle sono rimaste a bocca aperta, quando hanno visto che mi ero presa il virus della lettura! Devo proprio ringraziarti per questo, *mami*, non c'è niente che mi sgomberi la testa come leggere, e mi ha spesso salvato dall'implodere, da quando ci siamo salutate! Tra l'altro, abbiamo uno scrittore qui. Lui non sa ancora di esserlo, ma è un grande autore. Escouto, il ragazzo che era con te prima e che parla in modo strano. Spero che mi darà il permesso di farti leggere le cose che scrive... Ti piacerà viaggiare con le sue parole, ne sono sicura! E l'infermiera? Ha scritto qualcosa sulla prigione, alla fine?»

«Non è più a Yeserías. Se n'è andata qualche mese dopo di te e non ho più sue notizie.»

La Yaya sta menando il can per l'aia, la conosco come le mie tasche.

«Mi stai prendendo per i fondelli, so che lo sai.»

«...l'hanno beccata. Hanno trovato tutti i suoi appunti su di noi e sulla vita in carcere sotto Franco. Gli sbirri sono venuti a prenderla e nessuno l'ha più rivista. Nessuna traccia, né negli ospedali, né nelle altre prigioni, né tanto meno fuori. So che Guapita ha avuto il tempo di recuperare i suoi scritti dopo che è stata portata via. Magari un giorno...»

Mi lascio invadere dai ricordi, bruciano come acido. Ascoltare le storie di quei muri mi riporta lì dentro. Cerco di rimanere forte.

«E Antonio?»

«Indovina.»
«Ergastolo?»
«Meglio.»
«Non c'è niente di meglio.»
«Certo che c'è. Antonio è kaputt. È ricomparso in una scatola. Imballato e marchiato.»
«In che senso?»
«Ha finito dove tutto è cominciato. Lo hanno ritrovato nel cortile de La Casa Grande, con la carcassa crivellata di proiettili. Praticamente uno scolapasta. Un accanimento che lascia pensare a una vendetta, ma non si è ritrovato l'assassino per poterlo ringraziare. Non si contavano più i delinquenti che volevano la sua pelle nel settore della tauromachia...»

Non riesco a rallegrarmi. Meritava altro quello stronzo, qualcosa di più violento ancora.

Andando a letto, penso alla fortuna che ho e giuro a me stessa di non dimenticare mai più di guardarla bene in faccia, questa fortuna. È stata lei che mi ha riportata qui sana e salva, lei che ha condotto la Yaya fino a Marseillette, lei che ha costellato la mia strada di anime belle in modo che i tornanti non fossero vani.

Cali e il suo fidanzato sono tornati dalla tournée con una sorpresa per noi. Appena arrivati, ci hanno tenuto a riunire tutta la famiglia e il resto della tribù per annunciarci una novità importante. Nemmeno il tempo di radunarci e le ipotesi sono già iniziate. Rita e Leonor scommettono sul matrimonio, ma non sembra verosimile, se si pensa che quei due sono pazzi l'uno dell'altra da quindici anni e non hanno mai espresso il desiderio di un sindaco o di un prete che venisse a suggellare il loro amore. Io penso invece a un premio internazionale di danza o all'ingresso in una compagnia prestigiosa.

«Abbiamo deciso di non andare più in tournée per almeno un anno. Accetteremo solo le proposte di spettacoli nel raggio di cinquanta chilometri. Possiamo tranquillamente farcela. Christiane ci affitterà il primo piano di casa sua. Per un boccone di pane, tra l'altro, che tesoro.»

«Ah, e così, avete già organizzato tutto con Christiane, e noi veniamo a saperlo solo ora! Tutto il paese sa i fatti vostri prima di noi! È sempre così o è una cosa eccezionale? Grazie, *cariño*, sono cose che fanno piacere queste.»

Cali è divertita dalla reazione di sua madre, la quale ne è ancora più indispettita. Ma una Rita offesa è un inferno in terra. Temo per le prossime ore, e anche per i prossimi giorni...

«Posso finire, Mama, prima che tu ti imballi in questo modo, e a motore spento, per giunta? Tutti e due pensiamo che certe cose meritino di essere vissute in famiglia...»

Apre il cappotto e ne emerge una gobba a forma di anguria, che ha su tutti noi lo stesso, istantaneo, effetto. Un'attrazione magnetica, provocata dalla calamita più potente che sia mai stata fabbricata. Noi, volgari pezzo di ferro, in balia di quel meraviglioso dono.

Adesso capisco perché Cali ci tenesse a vivere questi mesi con noi.

Non ho mai visto scorrere tante lacrime quante ne sono state versate ieri, al suo funerale. Il suolo del cimitero era umido come dopo un temporale estivo, eppure il sole brillava, come se lei lo nutrisse della sua luce, direttamente dal cielo ora.

Il café è sprofondato nel dolore. Siamo numerosi. Gli sguardi si perdono nel vuoto senza riuscire a incontrarsi. Il profumo amaro dei ricordi ci cuce le bocche per meglio propagarsi dentro di noi. Solo Coco, che ripete «Cali» a nastro da sei giorni, viene ogni tanto a interrompere il silenzio, annichilendoci ancora di più.

«Sei ingrassata, Carmen?» mi chiede Leonor.

«Sì. *¿Y qué?* Fai delle strane osservazioni!»

«Non mandiamo giù nulla da quasi una settimana tutte e cinque. Noi stiamo dimagrendo a vista d'occhio e tu ingrassi. È strano, tutto qui.»

«Ok. Senti un po', Dio non mi ha regalato una forma perfetta come la vostra, ma non mi sembra un argomento importante, in questo momento...»

«Scusa, era solo per parlare.»

«C'è gente che chiede notizie sul tuo peso in veranda, Cita», cerca di scherzare Madrina per calmare la furia nascente delle api.

Ma Rita non si ferma. Va avanti.

«Non sarà mica ritenzione idrica? Hai il polpaccio sinistro molto gonfio, mi pare. Cammini abbastanza?».

È la goccia che fa traboccare il vaso.

«Andrete avanti ancora a lungo a vivisezionarmi così, *viejecitas*? Sì, ho un polpaccio gonfio, e sapete cosa, ho anche bruciore di stomaco, ne scopro le gioie per la prima volta in vita mia. Appassionante, vero? Dunque, vi ascolto! Volete un quadro dettagliato per stabilire una dieta adeguata? Ma cosa cazzo ve ne può fregare se sono cicciottella, grassa o obesa?»

Scambio di occhiate fulminee tra loro. Si dirigono insieme verso la mia paffuta persona.

Rita si lancia, a testa bassa: «Hai le tue cose?».

Un momento di silenzio. Poi esplodo.

«Ma ovvio che sì! Non penserai mica che a quarantaquattro anni io sia in menopausa? Pensi che sia per questo, tutto il casino che ho dentro, in ogni senso? L'effetto a scoppio ritardato dei miei anni... dei miei anni di eccessi, piuttosto! Mi state stancando con le vostre stronzate!»

Uscendo sento Rita e Madrina mormorare tra loro.

«Credi che sia incinta?»

«Quanto credo in me.»

Il momento si chiude nello stupore generale.

EPILOGO

«Sì, Carmen, sei incinta, proprio incinta senza alcun dubbio, a giudicare dai tuoi esami!» ha confermato il medico. «Ti mando all'ospedale di Carcassonne per vedere di datare con precisione, hanno appena ricevuto il primo ecografo della regione. C'è un po' da aspettare, ma pare che sia uno spettacolo. Tu... sai... di chi... pensi di tenerlo?»

«Prendo la pillola, utilizzo i preservativi e ho quarantaquattro anni, non può essere successo, dottore!»

«Sai, Carmen, la natura decide più di quel che crediamo, e non si cura di quello che i medici hanno studiato e provato.»

Non ricordo di essere salita in auto né di aver guidato fino a Narbonne. Eppure è qui che mi trovo ora. Seduta su una panchina nel parco davanti al caseggiato di Madrina. Vacillante come nel momento in cui ho mosso i miei primi passi su questi ciottoli.

Non ho mai pensato di diventare madre. La mia pancia cresce a vista d'occhio. I miei seni pure. Soffoco nei miei stessi vestiti. Escouto scriveva che gli sarebbe piaciuto avere dei discendenti per raccontare loro i suoi ricordi di vita in mare. Ma da qui a beccarsi una vecchia come madre per farli crescere ce ne passa. Madrina, le mie sorelle... sapere in un colpo solo che vado a letto con Escouto e che aspetto un bambino da lui le stenderà del tutto. Rita dirà che non mi merito un buon ragazzo come lui; Madrina dirà che per una che ha il fuoco al culo come me un ragazzo più giovane, più vigoroso, è meglio. Mi accarezzo la pancia. Questa cosetta che si è invitata là dentro avrà la pelle morbida e liscia come Alma, il bebè di Cali?

Entro in una cabina per chiamare Escouto nell'ospedale dove lavora come infermiere.

«A che ora finisci? Non prendere l'autobus, sono in città per delle commissioni, vengo a prenderti.»

Riprendo la strada in direzione di Marseillette, verso il café. Febbrile.

«Sei andata dal dottore? Che ti ha detto?» mi chiede Rita.

«Io scommetto su una menopausa precoce. Mi sa che anche alla mamma era successo», dice Leonor.

«No, ma tranquille, condividete pure senza problemi le vostre riflessioni sul mio apparato genitale con tutti i clienti!»

Madrina e le mie sorelle arrossiscono per la loro mancanza di tatto.

«André!» grida Rita. «Vieni a darmi il cambio! In cucina!» aggiunge poi a bassa voce rivolta a me. Le seguo. Mi siedo accanto alla Yaya, sprofondata nel divano. Ai suoi piedi, Alma gorgheggia in una cesta.

«Forza, *cariño,* dicci tutto. Hai qualche preoccupazione di salute?»

«No. Cioè sì... Insomma, una preoccupazione sì, ma non di salute.»

Pendono dalle mie labbra. Non riesco a buttarmi. La Yaya mi aiuta, a modo suo.

«Cita, spara, non vorrai farci passare la notte su questa cosa!»

Prendo il respiro come un nuotatore prima di immergersi per un'apnea. Sicuro, mi ammazzano quando glielo dico.

«Sono incinta.»

«Escouto!» esclamano in quattro, con sincronia perfetta, neanche fossero un coro dell'Armata Rossa o una fanfara di New Orleans.

L'«Escouto» della Yaya è interrogativo. Quello delle altre tre molto più affermativo. Tutti però sono carichi di una gioiosa eccitazione. D'impeto, Rita si tira fuori una banconota dal corpetto. Leonor si toglie uno dei suoi braccialetti fantasia ed entrambe li tendono, con aria delusa, a Madrina. La canaglia fa sparire il bottino nelle tasche del vestito con aria furba.

«Ma perché lo dici con quell'aria colpevole, *cariño*? È fantastico questo bambino che arriva dal cielo per mostrarti la strada!»

«Io non sono come voi, non mi sono mai immaginata madre. E nemmeno in coppia con Escouto. E poi cosa ne dirà lui, di questa storia? Sarà così scioccato che magari perde la parola un'altra volta!»

«Intanto, non fare confusione. Io non sono madre e non l'ho mai voluto! Sono una donna libera, quindi ti capisco!» si difende Madrina.

Rita le toglie la parola.

«E io, pensi che fossi davvero pronta per il mio ruolo quando ho avuto Cali? Avevo diciotto anni, *camarón*, avevo appena perso il mio primo amore e non sapevo più nemmeno come mi chiamavo... Imparerai strada facendo, come tutte! E in più hai dalla tua tutte le nostre esperienze, sarà più facile di quello che credi...»

Solo sentir pronunciare il nome di Cali ci devasta. Il tempo si ferma. Leonor cambia discorso: «Se è la reazione di Escouto che ti preoccupa, non pensarci nemmeno! È pazzo di te, Cita, si vede lontano un miglio, e si vede da anni! Sei l'unica a non averlo capito».

«E alla differenza d'età, Leonor, non ci pensi? Cosa diranno a Marseillette? Ci saranno chiacchiere e pettegolezzi da ogni parte, una cosa insostenibile.»

«Ma cosa credi? Al café la gente ne parla da un pezzo! Tutti si chiedono se uno dei due alla fine troverà il coraggio di dichiararsi. E nessuno ha mai nemmeno accennato alla questione dell'età!»

La Yaya, che fino a quel momento è stata zitta, ma ha seguito la conversazione senza perderne una briciola, pensa a voce alta: «"Il loro amore era così luminoso che nessuno aveva notato come lei fosse più grande di dieci anni..." l'ho letto da qualche parte».

Le ragazze restano perplesse. Poi si avvicinano

a me. Le mie sorelle mi abbracciano, mi stringono tra le braccia, una contro il mio petto, l'altra dietro di me, contro la mia schiena. Rita chiude la conversazione: «Lo sai che ci siamo, Carmencita, no? Qualunque cosa accada, ci saremo sempre per te».

Solo il ronzio del frigorifero rompe il silenzio che segue a quelle parole. Un balletto di lacrime mute percorre le nostre pelli dorate.

«Ehi, fate madrine, è il momento di dire che ci sarete pure voi!» dice Leonor all'improvviso alle altre due.

La Yaya si alza di scatto. Madrina si inalbera: «No, che diamine, saranno quarant'anni che mi spupazzo le sorelle Ruiz-Monpean, allora se pensate che lo devo precisare, non avete proprio capito niente, cretine che non siete altro! Certo che ci sarò!».

Madrina e la Yaya ci avvolgono a loro volta tutte e tre, come in un panino, e quell'allegra ammucchiata ci fa scoppiare a ridere. Forse è un riso nervoso, il nostro, ma ci fa dannatamente bene e mi dà la forza di mettermi in moto per andare a parlare con Escouto.

Arrivo all'ospedale con un bel po' di anticipo. Davanti alla maternità, incrocio il padre di un'amica che dirige il reparto di ginecologia ostetrica; è in pausa, ne approfittiamo per scambiare due parole. È felice di vedermi e sinceramente addolorato per Cali. Per cambiare argomento, si mette a parlare dei recenti progressi della medicina.

«Non c'entra nulla, ma già che la vedo, così... cosa ne pensa lei delle gravidanze in età avanzata? Sono pericolose per il bambino? E per la mamma?»

«Cosa intendi per età avanzata?»

«Quarantaquattro anni...»

Abbassa gli occhi sulla mia pancia.

«Oh! Congratulazioni! Ma no che non è pericoloso! Vieni, ho un po' di tempo libero, proverai il nostro nuovo apparecchio.»

E nel giro di un secondo eccomi sul lettino, con la pancia cosparsa di un liquido che secondo lui dovrebbe permettere di vedere all'interno. Afferra uno strano aggeggio e si ferma con la mano a mezz'aria.

«Sei pronta? Vedrai, è pazzesco.»

Mi sento le vertigini e ho il cuore sul punto di spaccarsi.

«Aspetti. Può far venire Escouto?»

«Escouto, l'infermiere del secondo piano?»

«Sì.»

I suoi occhi si spalancano mentre il suo sorriso si apre. Bofonchia: «Ma... sì, d'accordo, certo, non muoverti, vado a chiamarlo».

«Non gli dica che sono io che lo cerco, per favore.»

La voce del dottore interrompe il filo dei miei pensieri.

«Vieni, Escouto, prego, va' pure dietro la tenda.»

Ho l'impressione di vederlo per la prima volta in vita mia. Lo trovo bello. Forte. Solido. Nella sensualità e potenza che emana, nel suo sorriso eclatante e nei boccoli neri che gli ricadono fin sulla nuca, si esprime tutto il sangue gitano che gli ribolle nelle vene. Non sembra sorpreso di trovarmi lì, in quella posizione. Ma si illumina, quando mi vede. Corre verso di me e mi copre di baci. Mi lascio avvolgere dal suo abbraccio: le parole sarebbero state di troppo stavolta. Il dottore ci raggiunge e si munisce del suo apparecchio per farci incontrare il nostro bambino. Sembra che il suo cuore batta all'impazzata, ma il dottore ci rassicura: il piccolo sta benissimo. È vero che è pazzesco. Del resto, tutto questo è completamente pazzesco. Il destino ha ritrovato le mie tracce: ormai non devo fare altro che lasciare che mi conduca, con Escouto a tenere la barra dritta.

Quando nasce, mia figlia ha lo stesso viso di quando sei nata, Cali. Il volto di mio padre, vostro nonno, è verosimilmente quello che ha fatto da modello al vostro. Il mio parto mi ha ricordato quello di Rita: un magnifico casino! Mentre spingevo, Rita, Leonor, Madrina e Meritxell cicalavano da togliermi tutto l'ossigeno che c'era nella stanza.

La cucina è immersa nella dolce luce di una mattinata d'autunno. Guardo la bella Alma che dorme coi pugni chiusi accanto alla mia Sol, che sembra bisticciare con Morfeo. Penso a Saint-Amaux. Al boccale sempre pieno, che è rimasto a fare la ruggine in questa stanza da quando lui è morto, come se svuotarlo avesse significato accettare che non sarebbe tornato più. Sono dovuti passare diciassette anni perché quel boccale mi regalasse la gioia più grande che abbia mai illuminato il mio viso paffuto. Saint-Amaux, grazie. Per te, e per te, Cali, con quei soldi io e le ragazze partiremo in viaggio. Andremo a camminare sulle tracce dei nostri antenati per avvicinarci a loro. E a voi, anche.

Sol smette di agitarsi, allora vado in salone. Madrina ripara il flipper per l'ennesima volta, Meritxell è al telefono, Leonor e Rita piegano insieme delle lenzuola. La cappa di piombo che ci opprime da quando Cali è mancata si alleggerisce al suono dei gorgheggi delle nostre due bambole. Bisogna guardare avanti per loro, ormai; bisognerà lasciarsi cullare dalle loro risate e dai loro progressi quando la sua assenza ci opprimerà. Io continuerò a cercare l'origine del mio dolore e della mia rabbia per smettere di avvelenare l'aria del nostro café-mondo. Per far volare via le migliaia di rimorsi e alleggerire il bagaglio che lasceremo a chi viene dopo di noi.

RINGRAZIAMENTI

Un immenso ringraziamento alle tre fate madrine che si sono chinate sulla mia culla: Olivia, Véronique e Constance.

Finito di stampare nel mese di aprile 2023
da Grafica Veneta s.p.a., Trebaseleghe (PD)

Questo libro è stampato col sole

Fabbricato da Grafica Veneta S.p.A. con un processo di stampa e rilegatura
certificato 100% carbon neutral in accordo con PAS 2060 BSI